code 896 40F85

# LE COMMANDEUR

W0346394

COLLECTION
Cascade

MICHEL HONAKER

# TERMINUS : VAMPIRE CITY

RAGEOT-ÉDITEUR

Collection dirigée par Caroline Westberg

Couverture : Nicollet
ISBN 2-7002-2549-X
ISSN 1142-8252

© RAGEOT-ÉDITEUR – PARIS, 1998.
Tous droits de reproduction, de traduction et d'adaptation réservés pour tous pays. Loi n°49-956 du 16-07-1949 sur les publications destinées à la jeunesse.

# LE TUEUR DES CONTAINERS

À travers le pare-brise étoilé de pluie, le lieutenant Robert « Bilbo » Single considéra l'immeuble sordide qui formait l'angle de Perry Street, dans l'ombre de Triboro Bridge. C'était l'un de ces meublés minables, menacés depuis des lustres par la démolition, qui avaient pourtant fini par se fondre dans la grisaille sordide du quartier de Spanish Harlem. Le policier ne savait trop que penser. À ses côtés, le détective Harper, faciès de catcheur, gabardine froissée et chapeau mou, semblait tout droit sorti d'une vieille série B. Habitué des planques, il mâchonnait un chewing-gum avec philosophie.

– Qu'est-ce qu'on fait lieutenant ? lança-t-il. Je suppose qu'on ne va pas admirer cette ruine toute la nuit.

Sans répondre, Single passa une main dans ses cheveux ras prématurément blanchis. Il éprouvait un curieux pressentiment. Après une hésitation, il leva de nouveau ses jumelles, inspectant attentivement chaque fenêtre. Toutes étaient éclairées comme un théâtre d'ombres, révélant sans vergogne les comportements intimes de leurs locataires indigents, les disputes, les habitudes triviales et les misérables trafics.

Toutes à l'exception d'une seule, celle qui formait l'angle du dernier étage donnant sur le fleuve.

– Vous pensez qu'il y a des chances que ce soit lui, notre tueur ? insista Harper. Ce... Comment il s'appelle, déjà ?

– Porfyro. Carmel Porfyro. Sincèrement, je n'en sais rien.

– Vous voulez mon avis, lieutenant ? Je n'y crois pas tellement. Et je ne crois pas non plus qu'on mette jamais la main sur ce fameux « tueur des containers ». La plupart du temps, ce genre de dingues disparaît dans la nature et bye bye. Regardez Jack l'Éventreur ! J'ai vu un film à la télé l'autre soir. Eh bien, ils l'ont jamais serré, le gars. Jamais. C'était dans le film.

Single dévisagea son partenaire.

– Nous avons quatre meurtres non élucidés depuis un mois, trois filles et un adolescent retrouvés dans différents containers à ordures de la ville. Les similitudes entre les cas sont patentes. Cela sent le tueur en série à plein nez. Je ne peux négliger aucune piste. À ce sujet, je voudrais bien savoir qui dans le service a vendu la mèche à la presse... J'avais classé cette affaire confidentielle. Seul quelqu'un de la maison ayant accès au dossier a pu divulguer certains détails révélés dans les journaux. J'étais tellement en pétard que je me suis étouffé avec mon pancake.

Harper cessa de mâchouiller et se composa une mine outragée.

– Lieutenant, qu'est-ce que vous allez imaginer ?

Sans préciser ses soupçons, Single retourna à son observation méticuleuse.

– Après tout, remarqua-t-il, depuis que l'affaire est sortie, notre homme paraît se tenir à carreau.

– Quoique ce soit bien trouvé : « le tueur des containers » ! songea Harper à voix haute... Ces journalistes, ils ont le chic pour inventer des titres frappants, hein ?

Single tourna ses jumelles pour scruter les toits voisins. L'espace d'un instant, il crut distinguer une ombre décharnée parmi la forêt des cheminées. Mais cette impression fut si fugitive qu'il pensa naturellement que la fatigue, ajoutée à la tension nerveuse, lui jouait des tours. Il se pinça la base du nez et inspira profondément, tenta de relâcher ses muscles. Le nom et l'adresse de Carmel Porfyro avaient été griffonnées à l'encre rouge par une main inconnue, bien en évidence sur son agenda, le matin même, avec cette phrase soulignée : *Il est l'assassin. G.* Au Bureau des affaires criminelles, personne n'avait remarqué la moindre intrusion, mais la manière dont cette indication lui était parvenue prouvait l'identité de son auteur.

G.

Ebenezer Graymes.

Le démonologue de l'université de Columbia ne se mêlait jamais d'affaires criminelles, à moins qu'elles n'impliquent d'une manière ou d'une autre ses activités occultes. Aussi son irruption dans les méandres compliqués du dossier semait plus que le trouble chez le jeune policier : également la crainte. Depuis le début des meurtres en série, il n'avait guère progressé. Le « tueur des containers » s'avérait un redoutable adversaire, très mobile, rusé, audacieux et ne laissant rien au hasard. Sa manière de procéder était invariable. Il devait attirer ses proies sur la voie publique. Quand il avait achevé sa sinistre besogne, il se contentait de balancer les corps dans un container à ordures. Ils ne portaient aucune marque de violence à l'exception de taches noires presque anodines en plusieurs endroits du corps que les légistes avaient attribuées aux rats. Tout juste avait-on noté une importante hémorragie, sans pourtant qu'aucune trace de sang soit observée. Le tueur n'agissait donc pas sur place.

En se remémorant l'atroce spectacle de ces corps blêmes recroquevillés parmi les sacs poubelles, Single sentit la colère bouillonner en lui. Cette poussée d'adrénaline fit basculer sa décision. Il vérifia le barillet de son calibre 38 chromé avant de le replacer avec une légèreté calculée dans son holster.

– On fonce, annonça-t-il dans un souffle.

Perché au sommet de l'immeuble voisin, l'homme au macfarlane sombre attendait. Il ne doutait pas de l'issue des événements. Quand il aperçut les policiers sortir de la voiture, un sourire ironique estompa le trait sévère de ses lèvres. Il les suivit des yeux qui traversaient la rue pour se réfugier sous le porche. Il attendit qu'ils fussent entrés.

Alors, reculant d'un pas, il se confondit à nouveau totalement avec les ténèbres.

Single parcourut la liste des locataires fixée près des boîtes aux lettres piteusement déformées par les innombrables effractions. Il énonça :

– Carmel Porfyro. Sixième gauche. La fenêtre éteinte.

Harper acquiesça. Les deux hommes s'engagèrent dans l'escalier vermoulu qu'éclairaient de rares ampoules nues. Les éclats de voix des locataires et le beuglement assourdissant des télévisions couvraient le craquement de leurs pas. Au dernier étage, ils se plaquèrent contre la paroi grumeleuse. Il n'y avait qu'une porte au fond du couloir gauche, dont la peinture d'origine avait disparu sous une constellation de graffitis obscènes. Les policiers échangèrent un regard entendu. Harper dégaina son arme qu'il tint à bout de bras les deux mains vissées sur la crosse, canon vers le bas. Il n'était sans doute pas familier des conversations cultivées, mais lorsqu'il s'agissait de passer à l'action, c'était un homme sur lequel on pouvait compter.

– On aurait peut-être dû appeler la brigade d'intervention ? suggéra-t-il.

– Un peu tard pour y penser.

Single se composa un masque impassible avant de frapper au battant. Ils attendirent un instant, sans résultat.

– L'est pas là ! grogna un voisin en passant sa figure revêche dans le couloir.

Single lui décocha un regard assez dissuasif pour que le quidam rentre chez lui.

– On défonce, ordonna-t-il.

– Quoi ? Sans mandat ?

D'un battement de cils, Single réitéra son ordre. Harper prit deux pas d'élan et, avec la puissance d'un bulldozer, défonça le battant. Single s'engouffra à sa suite, lançant la sommation d'usage.

– Police, personne ne bouge !

Harper actionna en vain le commutateur. Pas de lumière. Single braqua sa torche. Au premier coup d'œil, il comprit que l'oiseau n'était pas au nid. Ils avaient déboulé dans une chambre poussiéreuse et mal entretenue où flottait une odeur douceâtre. Les fenêtres étaient occultées par du papier journal badigeonné de peinture noire. Le lit avait été poussé devant la fenêtre, dégageant un espace circulaire au centre de la pièce. Une tache visqueuse maculait le plafond. Le détective monta sur une chaise et en enduisit prudemment son doigt. Il le porta à ses narines. L'odeur fétide le fit grimacer.

– Lieutenant, crut bon insister Harper,

vous savez que même si on trouve quelque chose, ça vaudra bernique. On a commis une effraction.

– M'en fous, répondit Single. Je veux avoir ce type.

Comme il tournait en rond, il avisa un bocal sur la table de nuit, de la taille d'un pot de confiture. Il le saisit avec précaution pour en examiner le contenu : il était rempli d'une poignée de terre grisâtre. Lorsqu'il le secoua, de petites araignées émergèrent, qui tentèrent d'escalader la paroi. Elles se heurtèrent au bouchon de liège qui obturait le goulot. Single ne sut trop quoi penser. Il reposait sa trouvaille, lorsqu'un léger déplacement d'air l'alerta. Il dirigea le faisceau de sa lampe vers le seuil. Une fraction de seconde, il distingua un individu aux longs cheveux noirs, vêtu d'un blouson clouté, le visage osseux, les yeux gris.

Harper l'avait également vu et sans se poser de questions, il se jeta sur lui. Malgré ses quatre-vingt-dix kilos et sa force herculéenne, il fut repoussé comme un fétu de paille à l'autre bout de la chambre. Heurté de plein fouet, Single perdit l'équilibre. D'un bond étonnant, le locataire s'empara du bocal empli de terre et ressortit tout aussi vivement. L'action n'avait pas duré deux secondes. Single se dégagea de son compagnon gémissant de douleur et courut à la poursuite de leur agresseur. Comme il surgissait dans le couloir, il l'aperçut qui se jetait à corps perdu dans l'escalier.

– Porfyro ! Vous êtes en état d'arrestation !

Sans tergiverser, le policier visa et fit feu à deux reprises. Il fut convaincu d'avoir atteint sa cible. Pourtant, cela ne parut pas ralentir le fuyard, qui enjamba la rampe et sauta dans le vide. Single réprima un juron. Il se pencha par-dessus la balustrade, juste à temps pour assister à la réception féline du suspect cinq étages plus bas ! Carmel Porfyro leva les yeux dans sa direction, un sourire narquois aux lèvres. Avant que le policier fût remis de sa stupeur, il s'était déjà volatilisé.

Single dévala les escaliers quatre à quatre, manquant se rompre le cou. Mais si rapide qu'eût été sa réaction, il n'y avait plus personne lorsqu'il déboula sur le trottoir. La nuit énigmatique avait avalé celui qui, sans aucun doute maintenant, était bien le tueur des containers.

# LE CHASSEUR NOIR

Carmel Porfyro courut une centaine de mètres avant de s'adosser à la palissade d'un chantier. Il n'était pas essoufflé. Il avait seulement envie de rire. Il serra précieusement son flacon de terre contre lui. Il s'en était fallu de peu. Il considéra avec philosophie les deux orifices fumants qui déparaient son blouson clouté. Comment ces policiers avaient-ils pu trouver sa trace, voilà qui dépassait son entendement. Sans doute le hasard les avait-il guidés vers sa planque. Peu importait, au fond. Demain, il changerait de quartier. Les endroits discrets ne manquaient pas à New York pour des gens comme lui.

Carmel comprima les muscles de sa cage thoracique. Les deux projectiles tombèrent dans le creux de sa main. Il saisit l'un d'eux entre pouce et index pour l'étudier à la lumière d'un réverbère, appréciant en connaisseur le calibre 38. Consternant. Les flics n'avaient toujours rien compris, rien soupçonné et continuaient de le chasser comme un vulgaire criminel. Aussi longtemps qu'il en serait ainsi, il jouirait d'une impunité totale. Il s'étira les bras en croix et, renversant la tête en arrière, goûta la nuit avec une ineffable jouissance. Il ne regrettait pas d'avoir quitté les siens. Il se sentait si bien dans cette ville désarmée et inconsciente. Il se mit à tourner sur lui-même, à la manière des enfants imitant l'avion. Soudain, il s'interrompit net.

Un mouvement quasi imperceptible venait de se produire au-dessus de lui. Carmel plissa ses paupières, tous les sens aux aguets. L'espace d'un instant, ses pupilles devinrent semblables à celles d'un animal sauvage. Il scruta vivement l'obscurité avec une expression de méfiance féroce, retroussant ses lèvres sur des dents jaunes et aiguës. Quelqu'un l'observait et ce regard le brûlait à l'intérieur. Il songea aux policiers... Non, il avait affaire à un traqueur autrement plus redoutable. Carmel se souvint des avertissements de son père. Sur le moment, il n'avait pas cru à la légende du

« Chasseur Noir ». À présent, un frisson désagréable remontait le long de son échine.

Avec une adresse phénoménale, il sauta par-dessus la palissade et traversa le terrain vague comme une flèche en direction du pont. La lune perça entre les nuages, miroitant sur le fleuve assoupi. Sous les pilastres, Porfyro aperçut un rassemblement de jeunes hispanos du quartier qui se réchauffaient autour d'un brasero. Ils buvaient et parlaient fort. Plusieurs motos de grosse cylindrée étaient garées à proximité. Avant qu'ils aient soupçonné quoi que ce soit, Carmel bondit sur l'une d'elles et démarra en trombe, sans s'émouvoir de leurs protestations. Il fonça à travers le groupe en riant, évitant magistralement les bouteilles de bière qui volaient dans sa direction avant de filer en direction de l'Upper East Side.

Lorsqu'il atteignit l'angle que formait le musée Del Barrio, il décida de ralentir pour ne pas attirer l'attention. Il enfila ses lunettes noires et longea Central Park à une allure indolente. Au fil des minutes, il se détendit. Il ne faisait aucun doute dans son esprit qu'il avait semé son poursuivant. Déjà, il songeait aux différents endroits où il pourrait trouver un point de chute convenable. Quelques précautions supplémentaires s'imposaient désormais, mais inutile de se presser. La nuit commençait à peine. Il se sentait libre comme jamais. Il en était là de ses réflexions lorsqu'une sirène le fit sursauter. La voiture de police banalisée qu'il avait remarquée en bas de chez lui venait de déboucher d'une rue latérale dans un crissement de pneus, gyrophare en alerte. Carmel éprouva un instant de surprise. Certainement, les jeunes avaient renseigné les policiers sur la direction qu'il avait prise. Sans panique, il mit les gaz, grimpa sur le trottoir et s'enfonça sous le couvert des arbres de Central Park.

La scène n'avait pas échappé au policier à cheval posté à quelque distance de là en bordure de la contre-allée. Il allait aviser son central grâce à l'émetteur intégré dans son casque ovoïde, lorsqu'il eut l'impression qu'un pan de nuit s'abattait sur lui. Il entendit un souffle rauque près de son oreille, entrevit un faciès longiligne et creusé sous l'ombre d'un grand feutre noir… juste avant d'être éjecté de sa selle. Il se retrouva les quatre fers en l'air sur le gravier, hébété. La silhouette fantomatique avait déjà talonné sa monture pour se perdre parmi la végétation touffue.

– Oui, ici Central, grésilla une voix dans son écouteur.

Le policier rajusta son micro tordu dans la chute.

– Allô, Central ? Un dingue vient de me piquer mon cheval ! Il donne la chasse à un suspect en fuite. Je répète un suspect en fuite sur une moto !

Lorsque Carmel aperçut le cavalier noir jaillir des massifs pour lui barrer la route, une terreur irraisonnée inonda ses veines. Un mauvais réflexe lui fit serrer le frein trop brusquement. La machine dévia et il vola par-dessus le guidon. Il roula sur lui-même dans une mare de boue. Ses lunettes noires glissèrent de son nez. Quand il se redressa, essuyant sa bouche d'un revers de main, il sut que c'était lui, l'ennemi dont il avait senti la présence invisible. Il considéra la haute silhouette enveloppée d'un ample macfarlane, dont le visage disparaissait presque complètement dans l'ombre d'un feutre à larges bords. Ses yeux immenses brillaient comme des gemmes, si intimidants dans le noir que, pour la première fois de sa vie, Carmel Porfyro connut la peur. Son adversaire ne bougea pas, maîtrisant avec un art consommé la nervosité de sa monture.

– Le Chasseur Noir, pas vrai ? murmura-t-il d'une voix qui se voulait moqueuse. Le Chasseur Noir de la légende ?

– Qui croit aux légendes, de nos jours ? répondit l'homme.

Porfyro tâta son blouson. Il avait perdu son précieux flacon de terre. Il inspecta le sol d'un regard inquiet.

– C'est cela que tu cherches ? lança le cavalier en ouvrant sa main gantée.

Le bocal roulait dans sa paume, miraculeusement intact. Surmontant son appréhension, Carmel avança. Il lui fallait cette relique coûte que coûte.

– Tu es habile, admit-il. Maintenant rends-le-moi où tu pourrais le regretter.

– Viens le prendre.

Négligemment, le cavalier le laissa échapper. Il se brisa sur le sol. Le cheval se mit à piaffer, réduisant le verre en miettes sous ses sabots affolés. Les petites araignées s'échappèrent dans toutes les directions. Carmel émit une plainte rauque. Son bien le plus précieux était irrémédiablement perdu. Pourtant, il avait encore une chance de s'en tirer. Il prit ses jambes à son cou et détala en direction du lac, confiant en ses facultés physiques sans égales.

Le cavalier n'esquissa pas un geste pour s'élancer à sa poursuite. Il plongea la main sous son manteau et en tira une panoplie de longues plumes d'aigle. Six noires, six blanches. Posément, il opta pour l'une de ces dernières et en lécha consciencieusement la frange délicate. Puis la disposant à plat dans le creux de sa main, il marmonna une incantation et souffla. Aussitôt, la plume fila à travers les ténèbres à la vitesse d'un missile.

Carmel se figea instantanément. La douleur partit de son dos et l'irradia de la tête aux pieds. Il jeta son bras derrière lui, cherchant à retirer le dard qui l'avait atteint entre les omoplates. Mais déjà une étrange paralysie s'emparait de lui. Il battit des bras et s'étala de tout son long. Au même instant, un hélicoptère hérissé de projecteurs déchira l'obscurité. Un cortège de véhicules barra les issues du périmètre. Une voix déformée par un mégaphone ordonna :

– Pas un geste ! Police fédérale ! Vous êtes en état d'arrestation. Si vous bougez, nous tirons !

Carmel esquissa un rictus haineux qui resta figé sur son visage comme l'expression d'un masque de cire.

Single avait abandonné son véhicule et courait de toute la vitesse dont il était capable vers le théâtre de l'arrestation. Une véritable escouade de tireurs d'élite avait pris position alentour. Il se heurta à un cordon d'agents sanglés de gilets pare-balles. Il brandit sa carte mais elle fut insuffisante à dérider les visages rébarbatifs.

– Lieutenant Single de la Criminelle, insista-t-il de très méchante humeur. Je vous préviens que si vous tentez de faire entrave à mon action, il y aura du dégât.

– C'est bon, laissez-le. Je le connais ! lança un officiel en imperméable.

– Encore heureux, maugréa Single. C'est mon homme ! C'est moi qui l'ai débusqué.

Il reconnut soudain le personnage qui avait intercédé en sa faveur.

– Camelli ? Qu'est-ce que... Je vous croyais affecté dans un obscur bureau administratif.

– Ravi de vous revoir, lieutenant, lança le responsable des opérations du F.B.I. En fait, j'ai été réintégré depuis peu, comme vous dans votre département à ce qu'il semble. On nous fait de nouveau confiance, allez savoir pourquoi ?

– Pouvez-vous me dire ce que signifie ce déploiement ?

– Le F.B.I. était également sur la trace de Carmel Porfyro.

– Mon cul.

– C'est pourtant la vérité. Nous le soupçonnons d'être le fameux « tueur des containers ».

– C'est une affaire criminelle qui ne vous regarde en rien.

– Nous agissons sur instructions spéciales du procureur, lequel tient les siennes du gouverneur Hackermann en personne, énonça Camelli d'un ton qui ne souffrait aucune réplique. Et avec l'aval des plus hautes autorités de ce pays. Je me fais comprendre ? Votre cul, comme vous dites, n'a rien à y voir.

– Je suis sur cette affaire depuis le premier meurtre. Mon collègue est en ce moment même conduit à l'hôpital. Fracture d'une vertèbre et de l'avant-bras. Je ne laisserai pas filer mon suspect sans réagir, quelles que soient vos foutues instructions.

– Vous êtes en colère, Single.

– Et j'ai de quoi !

Camelli esquissa un sourire imperturbable.

– J'enregistre vos remarques, lieutenant, et je les transmettrai à qui de droit. Et pour vous prouver que je suis animé du meilleur esprit de coopération, je vous invite à me donner votre avis d'expert… Suivez-moi.

Carmel Porfyro était étendu sur le ventre dans la lumière des projecteurs, cible d'une demi-douzaine de M 16 prêts à faire feu. Une longue plume blanche sortait de son dos. Il était conscient, mais tétanisé au point d'être incapable du moindre battement de cils.

– Écartez-vous… ordonna Camelli à ses troupes.

Single s'agenouilla auprès du suspect. Il effleura la plume d'un doigt avec un sifflement.

– Vous aussi ? s'enquit Camelli. Vous aussi vous pensez qu'une plume ne peut pas transpercer un homme et le paralyser mieux qu'une décharge de dix mille volts ? Mes hommes ne sont pas dotés d'un pareil équipement. Nous devons donc admettre qu'une tierce personne a mis un terme à la cavale de ce criminel et nous l'a livré sur un plateau. Avez-vous une opinion à exprimer ?

– Que voulez-vous dire ? s'enquit ingénument Single.

– Vous le savez fort bien. Ce n'est pas le hasard qui vous a conduit à ce meublé dans Spanish Harlem. J'ai suivi votre enquête pas à pas. Hier encore, aucun indice ne vous permettait de soupçonner ce Carmel Porfyro… jusqu'à ce qu'une certaine personne de notre connaissance ne vous fournisse l'information d'une manière ou d'une autre. Vous voyez de qui je veux parler ?

À cet instant précis, un chef de peloton arriva tout essoufflé au pas de gymnastique.

– Nous avons retrouvé un cheval, monsieur. Il appartient à la brigade montée de New York. L'agent qui en est responsable a témoigné que... qu'une sorte de fantôme l'avait renversé de sa selle et lui avait volé la bête.

Camelli distilla un sourire à l'adresse de Single.

– Un fantôme maigre, vêtu d'un macfarlane d'un autre âge et portant un feutre ? Cela ne vous dit rien ? J'ignore encore à quel jeu s'adonne Ebenezer Graymes, mais je vous promets de le découvrir...

– Qu'est-ce qu'on fait avec le suspect, monsieur ? s'enquit le chef de peloton.

– Embarquez-le dans l'hélico. Il est déjà attendu.

À peine l'ordre énoncé, les hommes du commando saisirent le prévenu aussi rigide qu'une statue et le jetèrent sans ménagement à bord de l'hélicoptère.

– Est-ce que je peux au moins savoir où vous l'emmenez ? protesta Single.

Camelli avait déjà enjambé le marchepied.

– Nous le mettons en lieu sûr, lieutenant, dans un centre de détention spécialisé pour grands criminels. Mais je vais être bon prince. Vous pourrez lui rendre bientôt visite. Je vous ferai signe.

L'engin décolla et prit de l'altitude.

Single resta seul dans le cercle lumineux, sa main en visière, contemplant la mort dans l'âme son précieux suspect s'envoler dans les airs.

# INTRUS

Single n'avait pas sommeil. Seul dans les locaux déserts du Département des enquêtes criminelles, il pianotait inlassablement depuis une heure sur son ordinateur. Il avait beau se connecter sur les différents fichiers d'identification de la police, rien n'apparaissait au sujet de Carmel Porfyro et il commençait à croire à une farce. Découragé, il finit par reculer sa chaise et, mains dans les poches, se posta devant la baie vitrée. Il écarta les lames du store. Il pouvait apercevoir les enseignes clignotantes sur Broadway. Il imagina la joyeuse bousculade à la sortie des cabarets et se demanda ce qu'il fichait ici.

Quand il se tourna de nouveau, il ne put réprimer un violent sursaut. Un homme se tenait de l'autre côté du bureau. Single reconnut la haute silhouette décharnée drapée du macfarlane noir. Il poussa un soupir.

– Je ne vous demande pas comment vous êtes entré, professeur Graymes ? Visiblement, aucune porte ne vous résiste ?

L'inquiétant personnage avança dans le cercle de lumière distillé par la lampe de travail, révélant son visage émacié sous l'ombre du feutre à larges bords. Un curieux sourire dansait sur ses lèvres.

– Remettez-vous, Single. La situation n'est pas si grave.

Le policier esquissa un geste désabusé.

– Pensez-vous ! Je viens de subir le pire fiasco de ma carrière. Le détective Harper est à l'hôpital, le F.B.I. m'a soufflé mon suspect sous le nez sans que j'aie rien compris... et n'en ayant pas de rechange, mon dossier reste au point mort. C'est peu dire que je nage en plein bonheur.

– Présenté ainsi, l'inventaire n'est pas flatteur, s'amusa Graymes. Mais souvent derrière les désillusions se dissimulent des avantages insoupçonnables.

– Arrêtez votre philosophie. Vous m'avez mis sur la piste de Carmel Porfyro.

– Et vous vous êtes montré incapable de l'arrêter.

– Comment pouvais-je imaginer que ce type est un véritable guépard ? D'ailleurs, cela ne change rien. À présent, c'est le F.B.I. qui le détient et grâce à vous... J'ai reconnu votre style. Et je crois que Lamberto Camelli aussi.

Graymes considéra le policier avec un attendrissement feint :

– Pour l'instant, tout se déroule selon mes plans, se borna-t-il à commenter.

Single hésita entre la stupeur et la colère.

– Vos plans ? Dois-je comprendre que ce cirque fait partie de votre stratégie ?

– Qu'il s'agisse de la Brigade criminelle de Manhattan ou du F.B.I., l'important pour moi était que Carmel Porfyro soit arrêté. C'est chose faite.

– Est-ce vous qui avez lancé le F.B.I. sur la piste ?

– Je suis un démonologue, Single, pas un auxiliaire de police. S'il arrive que les intérêts du Département de la justice recoupent les miens, c'est purement fortuit. Ils surveillaient l'avancée de votre enquête, c'est évident. Depuis un certain temps, en haut lieu, on s'intéresse de très près au cas de ce « tueur des containers ».

– Quelque chose m'aurait échappé ?

– Oh... en vérité plusieurs. La dernière victime était une parente du gouverneur.

Ce lien n'a pas été ébruité. Hackermann ne désire aucune publicité à six mois des élections. Mais vous comprendrez qu'il ait pris cette affaire à cœur. Le « tueur des containers »... C'est une trouvaille, ce sobriquet, vous ne pensez pas ? Très évocateur...

– Très évocateur, oui, s'énerva Single. Concernant un monstre qui en est à sa quatrième victime et dont nous ignorons encore comment il tue !

– Il les vide de leur sang, Single, c'est l'évidence même.

– Ridicule, on aurait retrouvé des blessures, des entailles, n'importe quoi... les victimes ne portent que des ecchymoses qui sont sans doute le fait des rats, lesquels pullulent dans ces endroits.

Ebenezer Graymes affecta une mine consternée.

– Je suis stupéfait. J'ai peine à croire qu'ayant affronté à mes côtés plusieurs affaires ténébreuses, vous manifestiez si peu d'ouverture d'esprit. Il ne vide pas le sang de ses victimes, Single. Il s'en abreuve.

Le policier éclata d'un rire forcé :

– Vous parlez sérieusement ? Oh, non, pas ce genre de salades ! Ne me dites pas ! Carmel Porfyro serait...

– Un vampire, acheva Graymes. Un véritable vampire, non un de ces fantoches ridicules que l'on voit au cinéma.

Single s'efforça de lutter contre le soupçon qui s'insinuait en lui.

– Aucune trace de canines pointues, railla-t-il.

– Un vampire ne mord jamais sa proie, cela est une pure fiction. Depuis l'Antiquité, où l'on trouve trace de ses exactions pour la première fois, il aspire le sang à travers la peau à certains endroits stratégiques, cou, poignets, poitrine et même gros orteil, et ne laisse pour marque de son passage que quelques hématomes d'apparence bénigne.

L'argument ébranla le détective, car il savait que Graymes ne plaisantait jamais sur ces sujets, et que son érudition en la matière dépassait l'entendement. Pourtant, il décida de tenir tête.

– Absurde. Vous délirez complètement.

– Dans ces conditions, expliquez-moi pourquoi Porfyro porte deux traces de calibre 38 en pleine poitrine… et peut s'enorgueillir d'être toujours en vie ?

– J'ai tiré sur lui dans le meublé où il logeait. Mais…

– Pourquoi êtes-vous là devant un ordinateur désespérément muet ? enchaîna Graymes. Avec toutes les fonctionnalités des fichiers croisés d'Interpol et du F.B.I., aucun signe de Carmel Porfyro ? Pas une note, pas un visage, rien ?

Graymes se pencha légèrement et sa voix avait pris une consonance étrange lorsqu'il ajouta :

– Écoutez-moi. Cette affaire dépasse de loin les habituels cas de meurtriers en série. Vous avez un train de retard. Carmel Porfyro n'est plus répertorié car les fichiers des personnes décédées sont régulièrement mis à jour. Carmel Porfyro, un petit délinquant sans envergure, est mort voici des années dans un accident de voiture au Nouveau-Mexique. Les secours ont mis une demi-heure avant d'arriver. Ils ont trouvé sur les lieux un homme qui paraissait lui prodiguer les premiers soins. Curieusement, il s'est volatilisé dès l'arrivée de l'ambulance et ne figure sur aucun procès-verbal. Deux jours plus tard, le cadavre de l'accidenté disparaissait de la morgue sans que l'administration s'en soucie plus que cela. Pourtant...

– Comment êtes-vous si bien renseigné ?

– Mon maître John Neery s'est intéressé à lui. Il avait une prédilection pour les vampires. Car Porfyro EST un vampire, d'une espèce démoniaque particulière, peut-être la plus sournoise, la plus dangereuse, car la plus méconnue malgré l'aura de célébrité qui l'entoure. N'avez-vous pas retrouvé certaines traces gluantes sur le plafond de sa chambre ?

Single fit un effort de mémoire.

– En effet, je m'en souviens. Une matière malodorante.

– C'est un suint particulier dont sont dotés ces buveurs de sang et qui leur permet de se suspendre dans les endroits élevés à la manière des chauves-souris. Cette similitude de comportement a longtemps fait croire qu'ils pouvaient se transformer en cet animal, ce qui est faux. Les textes mal traduits sont les pires cauchemars du chercheur.

Single cilla. Il sentait ses certitudes se fissurer face à l'assurance de Graymes.

– Si c'était vraiment le cas, vous l'auriez détruit, je vous ai trop souvent vu à l'œuvre. Vous n'auriez jamais laissé Camelli s'en emparer pour le conduire dans ce centre spécialisé.

– À moins que je n'espère qu'il s'en évade... susurra Graymes.

– Comment ? Là, j'avoue que je ne vous suis pas du tout.

– L'effet paralysant de la plume blanche durera jusqu'à demain soir. Sa pointe est enduite d'un poison à base d'arsenic, une arme bien moins connue que le pieu et le crucifix, mais dont je puis vous assurer que ses effets sont sans égal. Assistez à mes cours à Columbia, un de ces jours...

Single resta pantois.

– Porfyro s'évaderait ? Malgré la surveillance du F.B.I. ? Mais ils l'ont conduit dans un centre de détention particulier et...

Graymes éclata d'un rire strident.

– Single, avez-vous compris un mot de ce que je viens de vous dire ? Même s'il était enfermé à fort Knox[1] sous la surveillance d'un régiment, Porfyro trouverait moyen de s'échapper. Seul un magicien expérimenté peut contraindre un vampire, et il doit être de première force s'il désire le détruire. Je n'ai encore rencontré aucun agent fédéral qui ait la moindre notion d'occultisme. Porfyro réussira, et ce sans se douter qu'il me mènera ainsi auprès du reste de sa tribu, en certain lieu que je recherche depuis des années.

– Il ne serait donc pas seul ?

– Ils ne sont jamais seuls. Ils vivent en bande organisée comme les loups, avec leurs codes, leur hiérarchie. Ils vivent et se reproduisent aussi, élargissant sans cesse leur cercle. C'est dans ce but que j'ai tout prévu. Je veux éradiquer sa bande.

1. Réserve fédérale d'or, l'endroit le mieux gardé au monde.

– Comment êtes-vous certain qu'il vous conduira à elle ?

– J'ai profané sa relique.

– Sa... relique ?

– Certain bocal renfermant un peu de terre prélevée sur les lieux de sa mort, dans le cas présent agrémentée de quelques araignées du désert... Il ne peut voyager nulle part dans le monde sans lui. C'est ainsi. Le vampire obéit à des lois millénaires. Cet échantillon lui sert de lien avec ses origines, un lien mystérieux, que nul n'a jamais clairement expliqué. Mystérieux mais indispensable. Privé de sa relique, Porfyro est contraint de retourner d'où il vient.

Ebenezer Graymes marqua un temps. Son visage tressaillit sous une colère rentrée avant qu'il n'achève dans un grincement de dents :

– Ainsi j'attends qu'il me mène droit à son père de sang, son initiateur, l'homme qui était présent lors de son accident mortel. Et je me jure de poursuivre l'œuvre de mon maître : détruire Carus Edelmork.

# CODE 6

Pete Oneris n'était pas très à l'aise. Il considéra alternativement les deux hommes qui l'encadraient sur le siège arrière de la Dodge. À sa gauche, Lamberto Camelli du F.B.I., costume impeccable, coupe militaire et masque impénétrable conservait obstinément les yeux rivés devant lui. À sa droite, Robert Single du Département criminel, la trentaine, les cheveux prématurément blanchis, rongeait son frein en affectant de contempler le paysage par la vitre teintée.

Oneris ne savait trop que penser de ses deux « accompagnateurs ». D'ordinaire, la tâche du jeune assistant du gouverneur Bob Hackermann consistait à demeurer seize heures par jour dans le sillage de son patron.

Il portait ses valises, prenait ses réservations d'avion ou de train, veillait à ce que ses moindres désirs fussent exaucés et mieux encore anticipés. Il planifiait l'agenda, vérifiait les discours, distillait les informations à la presse et à l'occasion chauffait les salles ou servait de claque dans les réunions. Il avait donc une habitude consommée des missions ingrates, mais cette fois il s'expliquait mal pourquoi, après une journée harassante, il devait au surplus accompagner ces policiers peu bavards dans un certain centre classé top secret.

Jusqu'alors, Oneris n'avait manifesté aucun signe d'étonnement. Mais comme le véhicule quittait la rue animée de ce secteur de Brooklyn pour plonger dans les profondeurs d'un parking privé, il commença à se sentir carrément nerveux. Au-dessus de la grille qui s'ouvrait lentement, un panneau sévère avertissait :

**INSTITUT BURLING**
**PROPRIÉTÉ DE L'ÉTAT**
**DÉFENSE FORMELLE D'ENTRER**

Oneris posa la question qui le démangeait :

– Qu'est-ce que cet homme a de particulier pour n'avoir pas été présenté au procureur puis incarcéré selon la procédure habituelle ?

– Il est « très » particulier, se borna à répondre Camelli.

– Merci bien, rétorqua Oneris sans se démonter. Mais la langue de bois, c'est plutôt ma spécialité, vous savez ?

Camelli consentit un surplus d'explications.

– Disons que M. Porfyro bénéficie d'un régime de faveur. L'institut Burling où je vous conduis s'est fait une spécialité des pathologies criminelles. Certains cas rares y sont étudiés.

– Sans que la justice soit informée ?

– Elle est informée, monsieur Oneris. Mais pour l'instant, elle admet que nous poursuivions certaines observations avant jugement.

– Porfyro est-il le fameux tueur des containers ?

– Selon toute vraisemblance.

– Je me demande bien pourquoi le gouverneur lui accorde autant d'intérêt...

Pour la première fois, Camelli le dévisagea.

– Il ne vous a rien dit ?

– Seulement de rencontrer ce type. J'aurais dû être au courant de quelque chose ?

Oneris se tourna vers Single qui restait

silencieux, l'air morose. En dépit de son air malcommode, il lui inspirait davantage de sympathie que le fonctionnaire glacé.

– Je suppose que je le découvrirai bien assez tôt, conclut-il, philosophe. Lieutenant, si j'ai compris vous n'êtes ici qu'à titre d'observateur, dès lors que le F.B.I. a pris l'affaire en main...

– La police est une grande famille, monsieur Oneris, ricana Single. Ainsi que vous le voyez, nous pratiquons une saine et constructive collaboration. N'oubliez pas d'en faire part au gouverneur. À moi aussi, M. Camelli accorde l'avantage de bavarder avec le détenu.

La voiture traversa un vaste parking désert et stoppa devant un ascenseur discret dans un crissement de pneus. Le chauffeur, un solide gaillard en imperméable clair, oreillette et revolver apparents, leur ouvrit la portière.

– Je vous attends ici, monsieur Camelli...

L'agent du F.B.I. manifesta son approbation d'un hochement de tête. Il approcha ses lèvres d'un interphone.

– Nous sommes arrivés.

Aussitôt, les battants métalliques barrés d'un antipathique « personnel autorisé seulement » coulissèrent.

– Quel luxe de précautions ! railla Oneris.

La cabine s'envola dans un chuintement. N'y tenant plus, Oneris saisit son portable et pressa la touche express. À l'autre bout du fil, la voix impatiente du gouverneur Hackermann émit un grognement en guise d'accueil.

– Ici Pete, monsieur, je...

– Bon sang, Pete, que voulez-vous ? Je suis en pleine réunion.

– Monsieur, je suis arrivé à l'institut en compagnie des policiers et...

– Magnifique, Pete ! C'est bien normal, puisque je vous y ai envoyé. Vous me dérangez pour m'apprendre ça ?

– Monsieur, simplement je tenais à vérifier que... C'est-à-dire, l'institut Burling est... Enfin, en guise de centre spécialisé, ça ressemble à un endroit top secret, monsieur.

À l'autre bout, le gouverneur poussa un soupir consterné.

– Pete, rendez-moi service. Si je vous demande d'aller me chercher des fraises en plein hiver, prenez l'avion pour la Californie. Si je vous demande de sauter d'un gratte-ciel, sautez. Mais surtout sans poser de questions. Vous n'avez pas à réfléchir, Pete, juste à obéir. Interrogez ce Porfyro et faites-moi votre rapport. J'ai confiance en vous, Pete, n'oubliez jamais ça...

– Oui, m…

La tonalité coupa l'entretien.

– Oui, monsieur, acheva l'assistant d'une voix blanche.

L'ascenseur déversa le trio dans un hall dallé, dont les murs en pavés de verre filtraient avec froideur la lumière du crépuscule. Un petit homme à barbiche, au crâne dégarni, aux gestes empruntés sous sa blouse blanche de fonction, leur tendit une main pressée :

– Je suis le professeur Pellersen. Je dirige cet établissement et je suis personnellement en charge de votre… « patient ».

Il insista sur ce dernier mot avec un air entendu.

– Vos accréditations, messieurs, je vous prie.

Camelli les tendit :

– Voici messieurs Oneris du bureau du gouverneur et le lieutenant Single de la Criminelle.

Le professeur Pellersen s'inclina. Il remit à ses visiteurs des badges métalliques.

– Ces macarons sont équipés d'une puce électronique, précisa-t-il d'une voix monocorde. Vous en comprendrez l'utilité tout à l'heure.

Ces formalités remplies, il guida ses hôtes à travers un dédale de couloirs où flottait une odeur de désinfectant javellisé. Derrière d'épaisses vitres, des pensionnaires en chemise de nuit erraient au hasard de leur délire, somnambules pitoyables marchant sur le silence. Oneris ralentit le pas pour les observer un instant. Il fut rappelé à l'ordre par Camelli :

– Monsieur Oneris, nous avons du travail...

Ils empruntèrent un nouvel ascenseur, plus vaste que le précédent.

– Nous avons aménagé une salle spéciale pour le « patient », informa le professeur Pellersen. Son cas est réellement unique. Il a guéri de sa blessure dans le dos en quelques heures. Les chairs se sont refermées comme si de rien n'était. Il était d'abord dans un état proche de la catalepsie, puis il a repris vie... Enfin, façon de parler.

– Qu'entendez-vous par là, professeur ? sursauta Camelli.

– Voyons, ne me dites pas que vous l'ignorez...

Le praticien scruta le visage de l'agent du F.B.I. N'y trouvant pas l'expression attendue, il enchaîna :

– Voyons, mais cet homme est mort. Il est cliniquement mort. Il n'a ni pouls ni respiration ! C'est une véritable anomalie de la nature...

– Bonté divine, laissa échapper Single.

Camelli considéra le praticien avec une mine incrédule, partagé entre le rire et la stupeur.

Pellersen poursuivit imperturbablement.

– Nous avons essayé de lui faire subir un examen clinique. Mais en sa présence les appareils d'investigation se détraquent. Même une simple caméra ne filme rien. Nous avons dû faire appel à un dessinateur de tribunal pour saisir ses comportements !

Oneris crut avoir mal compris.

– Attendez une minute. Ses comportements ? Mais vous venez de dire qu'il était mort !

– Il est mort, et pourtant il vit ! Le mieux est que vous constatiez par vous-même.

L'ascenseur avait atteint le dernier étage. À l'évidence, ils arrivaient dans un secteur sensible. Des bornes métalliques de protection électromagnétique jalonnaient le couloir. À leur approche, leurs voyants rouges passèrent au vert.

– Ils décodent votre laissez-passer grâce à un faisceau de lecture optique, précisa Pellersen. Surtout ne l'égarez pas. Aussi longtemps que vous le portez, vous pouvez circuler librement.

Comme ils franchissaient un coude, Oneris sentit qu'on le tirait par la manche. Il se retourna pour découvrir une dame menue aux cheveux gris, surgie d'on ne sait où, qui lui souriait avec gentillesse. Un badge identique aux leurs étoilait sa blouse grise.

– N'y allez pas, lui souffla-t-elle sur le mode de la confidence. N'y allez pas, c'est bien trop dangereux pour un brave petit gars comme vous.

– Merci grand-mère, répondit Oneris, attendri. Rassurez-vous, je suis de taille à me défendre.

– Prenez garde, reprit-elle. Quand vous les voyez, c'est toujours trop tard. Ils savent depuis longtemps se fondre dans la foule. De temps en temps, ils remontent des profondeurs et alors...

Remarquant l'échange, le professeur Pellersen revint sur ses pas.

– Certainement, madame Watts. Croyez que nous tiendrons compte de vos remarques. Venez, monsieur Oneris.

– Un instant, docteur, l'arrêta Single dont l'attention avait été alertée. De qui parlez-vous, madame Watts ?

– Mais... des morts qui marchent, bien sûr.

– Des morts qui marchent ? Vous semblez bien les connaître...

– Oh oui ! s'écria la dame âgée sans se troubler. J'ai toujours cru en leur existence. La seule manière de les différencier de vous et moi, c'est d'observer leurs manières. D'abord, ils ne respirent pas et puis ils n'aiment pas la lumière vive. Ensuite, ils n'ont ni ombre ni reflet. En plus...

Elle s'avança avec une mine de conspiratrice.

– Ils ont mauvaise haleine.

– Je vous suggère de nous laisser, madame Watts... insista doucement le professeur Pellersen.

La vieille dame cligna des yeux avec malice et partit vaquer à ses occupations. Oneris hocha la tête.

– Elle est charmante. C'est l'une de vos assistantes ?

– Non, c'est une malade, corrigea Pellersen. Elle a empoisonné toute sa famille avec un gâteau au chocolat.

L'assistant du gouverneur crut avaler sa langue.

– Quoi ? Et elle se balade dans les couloirs ? Pourquoi n'est-elle pas avec les autres dans une cellule ?

– Pour l'observation de certains patients, il est préférable qu'ils se déplacent à leur guise. Bien entendu, ce n'est pas le cas de notre « patient » pour lequel tous les dispositifs de surveillance ont été mis à contribution. Nous l'avons soigné. Nous lui avons offert la plus ancienne cellule.

Ils s'arrêtèrent face à une imposante porte de coffre-fort. Pellersen pressa les touches d'un digicode et elle s'entrebâilla dans un murmure de vérins bien huilés. Les visiteurs furent introduits dans une vaste salle où régnait l'obscurité.

– Tiens, plus de lumière... constata Pellersen.

Un frisson parcourut Single. Il dégaina son arme en même temps qu'il braquait une lampe stylo sur le périmètre. Il distingua d'anciennes fresques décolorées sur les murs humides dont la vétusté contrastait avec le sarcophage métallique hérissé d'électrodes qui occupait le centre de la salle. Les tubulures étaient distordues, les sangles arrachées. Pellersen s'étouffa dans un cri :

– Seigneur ! Il est parti ! Il n'est plus là ! Où est le garde ?

Le faisceau lumineux de Single buta contre un corps étendu. Le malheureux gisait les yeux grands ouverts. Le policier eut soudain l'impression que l'une des fresques prenait vie et se déplaçait. Il détourna sa lampe. Une fraction de seconde, il entrevit un faciès monstrueux encadré de cheveux noirs et luisants. Déjà, il avait échappé au cercle de lumière.

– La porte ! cria Single.

Tirant son arme, Camelli se posta en travers de l'unique issue. Aveuglé par l'obscurité, il ne vit pas l'attaque venue des airs. Il fut soulevé de terre avec une vigueur extraordinaire et retomba à plusieurs mètres de là, inanimé. Pellersen poussa des cris d'orfraie. Single s'élança hors de la chambre forte, talonné par Pete Oneris. À cet instant précis, plusieurs sonneries d'alarme résonnèrent dans l'établissement tout entier.

Single porta son émetteur à sa bouche.

– À toutes les unités présentes dans le secteur de l'institut Burling à Brooklyn, Code 6, évasion d'un suspect dangereux. Je répète Code 6.

Conformément à la prédiction de Graymes, Carmel Porfyro s'était évadé.

# MÉTRO DE NUIT

Single se posta à l'extrémité du couloir, revolver en joue. Les cris affolés des malades ajoutaient au tintamarre des sirènes. Prises de folie, les bornes de sécurité électromagnétiques clignotaient comme les illuminations d'une attraction de foire. Mais de Porfyro, nulle trace. Le policier allait s'élancer vers l'ascenseur, mais l'assistant du gouverneur le retint in extremis.

– Vous êtes dingue ! Le système a disjoncté. Nos fichus badges ne servent plus à rien. Vous risquez d'être électrocuté…

– Il a certainement pris l'ascenseur ! répliqua Single. Il faut le rattraper.

– Non, non, mes enfants, souffla une voix douce dans leur dos. C'est ce qu'il s'efforce de vous faire croire.

Ils se tournèrent d'un bloc. Mme Watts les dévisageait d'un air espiègle.

– Ils sont tellement certains que leur système à rayons est invulnérable qu'ils n'ont pas mis de barreaux aux fenêtres. Venez...

Elle ouvrit une porte latérale qui se confondait avec la cloison. Ils pénétrèrent dans une remise garnie de médicaments. Mme Watts désigna la fenêtre ouverte.

– C'est aussi simple que ça. Parfois, je sors faire un tour. Surtout, ne dites rien, mes enfants. Mon badge n'est pas supposé me donner accès à ces locaux, mais je vais vous faire un aveu : ici, tout déconne !

Elle pouffa de rire. Single échangea un coup d'œil avec Oneris. Ils se penchèrent simultanément à la fenêtre pour scruter la pénombre. Elle donnait sur une arrière-cour. Single aperçut une ombre qui se déplaçait rapidement le long de la façade à la manière d'une araignée.

– Sacré nom, s'écria Oneris. Vous avez vu ?

Le premier instant de saisissement passé, le policier prit pied sur le rebord, n'osant regarder en bas. N'écoutant que son courage, il se jeta dans le vide pour se raccrocher à une échelle d'incendie. Il se rétablit non sans mal et descendit les six étages au galop. Quand il déboucha dans la cour,

Porfyro s'était volatilisé. Single avisa une volée de marches qui s'enfonçait sous terre, une porte entrebâillée... Il s'y engouffra. Il dévala un escalier éclairé par les seuls voyants des issues de secours jusqu'à déboucher dans le parking, à proximité de l'ascenseur qu'il avait emprunté. Le chauffeur gisait sur le capot de la limousine. Il n'avait plus sa gabardine. Un filet de sang coulait de son oreille. Single ne s'attarda pas sur lui. Il traversa l'esplanade déserte. Son pas rapide résonnait sous la voûte. Il remonta la rampe pour jaillir à l'air libre, essoufflé.

Comme il cherchait le fugitif du regard, il l'aperçut soudain sur le trottoir opposé, les mains enfoncées dans l'imperméable clair, figé parmi les passants indifférents qui se bousculaient. Porfyro le regardait par en dessous, un sourire narquois aux lèvres. Il ne semblait pas pressé de s'enfuir. Single l'ajusta avec son arme. Son geste menaçant sema la panique parmi les quidams qui s'égaillèrent en criant. Dans ce chassé-croisé, Single perdit sa cible de vue. Serrant ses mâchoires de colère, il se mit à aller et venir, son arme brandie, désespérant retrouver sa piste lorsque...

Porfyro l'attendait tranquillement devant la bouche de métro, dans la même attitude que précédemment, trois cents mètres plus bas. Ce déplacement éclair tenait du prodige. Impossible que cet homme manifestant le détachement d'un promeneur eût parcouru une telle distance en un laps de temps aussi court. À cet instant précis, Single réalisa vraiment à qui il avait à faire et sa bouche se dessécha. Les paroles de Graymes, ajoutées à celles de Mme Watts, confrontées à la succession d'incroyables événements prirent soudain leur véritable signification. Porfyro jouait avec lui. Porfyro le défiait, tellement sûr de sa supériorité. Bien que sa raison lui hurlât de ne pas répondre à cette provocation, Single s'élança.

Coudes au corps, il courut de toute la vitesse dont il était capable. Il avait presque rejoint le fuyard lorsque celui-ci plongea dans l'escalier roulant. La rage au ventre, Single se jeta sur ses talons, bousculant les usagers qui commettaient le tort de se trouver sur son chemin. Il franchit le portique et s'engagea dans un couloir décrépit. Porfyro marchait tranquillement à quelques mètres devant lui, se conformant au flux de l'heure de pointe. De temps à autre, il regardait par-dessus son épaule pour s'assurer que son poursuivant était toujours dans son sillage.

Arrivé à un croisement, il disparut soudain. Le policier sentit son cœur cogner dans sa poitrine. Il atteignit à son tour l'embranchement, tourna sur lui-même. Il désespérait lorsqu'il repéra un passage étroit, épargné par l'affluence, qui lui avait curieusement échappé jusque-là. Guidé par son instinct, il s'y enfonça. Il parcourut une centaine de mètres avant de faire irruption sur un quai désert tapissé de carrelage jauni et jonché de détritus. Une vieille rame vide, recouverte de graffitis étranges, attendait d'hypothétiques voyageurs. Single s'avança avec défiance parmi les piliers, préméditant chacun de ses déplacements comme à l'entraînement. Il se perdait en conjectures lorsqu'un mouvement le fit se retourner. Il braqua son arme, prêt à tirer.

– Eh ! Allez-y doucement ! s'écria Pete Oneris en levant les mains.

Single abaissa légèrement le canon du 38 mais son regard continuait d'épier les alentours.

– Qu'est-ce que vous fichez ici ?

– Cette blague, je vous ai suivi ! Je vous ai vu foncer. J'ai compris que vous étiez derrière lui. Qu'est-ce que vous croyez ? Que je vais me présenter devant le gouverneur la bouche en cœur et les mains vides ?

Pour qu'il m'écorche vif ? On voit que vous ne le connaissez pas.

Single se garda de répondre. Il avait les nerfs à fleur de peau.

– Il est ici, c'est certain.

Il sentit un regard posé sur lui. Il se retourna d'un bloc. Debout derrière la vitre du wagon de queue, Porfyro lui adressait un signe de la main. La rame était en train de démarrer. Single s'élança, imité par Oneris. Les deux hommes bousculèrent les portières et se jetèrent dans le compartiment. Le policier visa en vain. Il n'y avait plus personne. Il inspecta chaque siège, chaque recoin. Il dut se rendre à la pénible évidence : Porfyro s'était de nouveau évanoui. Oneris secoua la tête.

– Bon sang, comment fait-il ? C'est dingue ! Vous croyez à cette histoire de mort qui marche ?

Single passa une main moite sur son visage. Il refusait de répondre à pareille question.

– Il est sûrement à côté. Ne bougez pas d'ici.

Son arme à bout de bras, Single se glissa dans la voiture suivante. Porfyro ne s'y trouvait pas non plus. Il remonta ainsi jusqu'à la cabine de conduite sans rencontrer âme qui vive. Il ne restait que ce seul endroit possible… Il retint son souffle. Il dégagea la porte coulissante et… À sa grande surprise, il ne trouva aucun conducteur. Le pupitre était éteint. Pourtant la rame plongeait à vive allure dans les ténèbres. Un léger bruit dans son dos tétanisa le policier. Il pivota en braquant son 38. Ce n'était qu'un gros rat qui batifolait sur les banquettes vides. L'animal le considéra un instant de ses petits yeux sombres et railleurs, avant de disparaître.

Quand Oneris vit revenir le policier quelques instants plus tard, il comprit à sa mine désabusée que ses recherches s'étaient avérées infructueuses.

– Il n'est pas dans le train ? Vous êtes sûr ? Vous avez fouillé partout ?

– Qu'est-ce que vous croyez ? Nous sommes absolument seuls dans cette fichue rame. Même pas un conducteur. Personne.

– Il a peut-être sauté en marche ! À moins qu'il n'ait trouvé refuge sur le toit…

– J'ai jeté un coup d'œil. Il n'y a rien. Si vous ne me croyez pas, sortez vérifier. Nous roulons à cent à l'heure en pleine obscurité.

À la perspective de jouer les monte-en-l'air, l'ardeur d'Oneris retomba. Il réalisa soudain.

– Euh... Attendez. Qu'avez-vous dit ? Pas de conducteur ? Vous êtes fou ? Ce n'est pas possible.

Single se laissa tomber sur une banquette, harassé. L'assistant du gouverneur l'y rejoignit, très nerveux, son regard comme aimanté par la vitre désespérément obscure. Le train cahotait dangereusement.

– Nous sommes sûrement à bord d'un convoi technique, complètement automatisé... Hem... Vous ne croyez pas ?

Single remit son arme dans son holster :

– Je n'en sais rien. Une chose est sûre : nous n'avons encore croisé aucune station...

Cette remarque ébranla Oneris.

– J'appelle du secours, décréta-t-il en collant son portable à son oreille.

Un juron lui échappa presque aussitôt.

– Magnifique. Il est cuit. Ce doit être la batterie.

– Cette fichue rame finira bien par s'arrêter quelque part... paria Single avec philosophie.

Il consulta sa montre. Il constata avec étonnement qu'elle s'était arrêtée. Il la porta à son oreille, la secoua, mais rien n'y fit. Cette somme de détails étranges commençait à l'angoisser sérieusement, mais il se garda d'en faire état.

– D'après mes calculs, lança Oneris, nous aurions au moins dû nous arrêter trois ou quatre fois déjà. Ce n'est pas possible. Quelque chose cloche.

À cet instant, le train ralentit dans un tintamarre de ferraille. Une lumière blafarde grandit au détour d'un virage. Un sourire soulagé grandit sur les lèvres d'Oneris.

– Pas trop tôt ! Seigneur, pendant un moment, j'ai cru que...

Il n'acheva pas. Sitôt que la rame fut immobilisée, les deux hommes jaillirent hors du wagon. Comme ils regardaient autour d'eux, un doute les assaillit. Le quai paraissait désaffecté depuis des lustres. L'eau ruisselait des parois pulvérulentes. Quelques ampoules nues constituaient le seul éclairage. Le policier sentit naître en lui une curieuse sensation.

– Où sommes-nous ? interrogea Oneris.

Single signifia son ignorance en secouant la tête. Derrière eux, la rame redémarra soudain. Single éprouva un pincement au cœur en observant les lumières rouges s'affaiblir dans les profondeurs du tunnel. Il frissonna en remontant le col de sa veste. Sans se démonter, Oneris hurla :

– Eh, il y a quelqu'un ?

Single haussait déjà les épaules lorsqu'une voix étranglée les fit sursauter.

– C'est pas bientôt fini, ces hurlements ? Vous n'êtes pas un peu malades ?

Ils se trouvèrent face à un vieux bonhomme squelettique et mal rasé, au teint cireux. Vêtu d'un antique uniforme de chef de station, il dévisageait les voyageurs d'un regard curieux.

– Il ne faut pas crier, ici, c'est très mal vu, sermonna-t-il. La voix porte loin.

– Quelle station est-ce ? s'informa Single.

– Est-ce que je sais ? rétorqua le type. C'est vous qui êtes montés dans ce train...

Le policier estima qu'il ne devait plus avoir toute sa tête. Probablement s'agissait-il d'un de ces marginaux un peu fêlés qui hantent le métro après la tombée de la nuit.

– Peu importe. Où se trouve la sortie ?

– De ce côté, indiqua le vieil homme. Vous suivez ce couloir, et puis vous tournez à gauche. Ou à droite. Vous verrez bien.

Oneris ouvrait la bouche pour l'interroger plus avant mais, avec une vivacité que son apparence sénile ne laissait guère soupçonner, il avait déjà disparu. Single entraîna son compagnon dans le corridor qui leur avait été indiqué. Un escalier baigné par une clarté laiteuse se matérialisa devant eux. Ils se hâtèrent d'en gravir les degrés rongés de mousses déliquescentes. Ils crurent déboucher à l'air libre. Ils ne trouvèrent qu'un large tunnel, éclairé de loin en loin par des ampoules nues, qui résonnait de mille bruissements curieux.

– On dirait une ligne désaffectée, constata Oneris.

Single chercha en vain un panneau, une inscription quelconque susceptible de les renseigner. Des lambeaux de brume rampaient sur le bitume fissuré. Il frissonna malgré lui. Il se sentait observé par des milliers d'yeux invisibles.

– Quelque chose ne va pas, murmura-t-il. Mieux vaudrait faire demi-tour.

– La plupart des habitants de New York ne connaissent pas la ville, répondit Oneris en reprenant courage. Moi, j'y suis né, et je n'en ai jamais visité qu'un tiers. Alors le métro… Tout ce que je demande, c'est une cabine téléphonique.

– J'aimerais mieux une sortie. Venez.

Ils suivirent le passage sur plusieurs centaines de mètres avant de déboucher dans un hall assez vaste pour abriter un centre commercial. Ils aperçurent une enseigne lumineuse accrochée de guingois sur une façade charbonneuse.

Ils se dévisagèrent avec stupeur.

« Hôtel Bienvenue ! » proclamait-elle en grésillant.

## SAISON MORTE

– On dirait une sorte de refuge, s'exclama Oneris. On va sûrement trouver de l'aide...

Single considéra d'un air soupçonneux l'improbable hôtel encroûté de suie que de mystérieux architectes avaient accoté à la falaise ruisselante. Avant qu'il ait exprimé des arguments contraires, Oneris en avait déjà poussé la porte branlante. L'enthousiasme du jeune homme tomba d'un cran lorsqu'il découvrit la réception miteuse et l'épaisse couche de poussière qui s'amoncelait sur le comptoir. Une déplaisante odeur de moisi flottait dans l'air, et quelque chose d'autre, plus subtil, plus désagréable...

– Il y a quelqu'un ? lança Oneris.

Des clés rongées de rouille s'alignaient sur un tableau délicatement enrobé de toiles d'araignées.

– Je parie que ce n'est pas complet, ricana le policier.

– Il y a quelqu'un ? réitéra l'assistant du gouverneur.

Il aperçut un téléphone antédiluvien qui trônait à l'extrémité du comptoir sous une toile d'araignée. Comme il soulevait le combiné, Single agita sous son nez le fil tranché. Oneris soupira de découragement.

– Il doit bien y avoir quelqu'un. Je parie que c'est un rendez-vous de sans-abri. J'ai lu dans un rapport que les sous-sols en étaient infestés...

Il avait prononcé le mot « infestés » avec le naturel propre aux personnes très éloignées de ces considérations sociales. Comme il s'aventurait dans l'escalier bancal qu'éclairait une ampoule nue, le policier l'arrêta :

– Où allez-vous ?

– N'ayez pas peur, je jette un œil, voilà tout.

– Ne faites pas l'idiot. Cet endroit ne m'inspire aucune confiance. Il doit bien exister un chemin vers la surface. Il faut le trouver.

– Je ne veux pas errer des siècles dans ce

labyrinthe et risquer de me perdre. Tôt ou tard, quelqu'un viendra, vous pouvez en être sûr. Il y a des chambres, là-haut... Allons, venez ! Qu'est-ce qu'on risque ?

– Le pire... répondit Single. Le pire est toujours certain.

Il emboîta le pas à son téméraire compagnon, tenaillé par la désagréable sensation de vivre le conte du Petit Poucet. Plusieurs chambres sommaires se répartissaient dans les étages, dégageant la même impression de crasse et d'abandon. La poussière floconnait sur le mobilier vieillot. Des matelas étaient roulés au sol. Au dernier, Oneris trouva une pièce d'une propreté plus conforme à ses exigences bourgeoises et décida d'y établir son campement.

– Détendez-vous lieutenant ! Soyez pragmatique. À cette heure, Carmel Porfyro doit être loin et, d'une manière ou d'une autre, le gouverneur va me passer un savon... Je ne sais pas ce que vous en pensez, mais moi je suis exténué. J'ai eu ma ration d'émotions fortes pour la soirée.

Single s'approcha de la fenêtre disjointe d'où il pouvait surveiller la place. La fatigue commençait à tétaniser ses muscles comme sa pensée. Il songea à son épouse Elen qui l'accablerait de reproches pour n'avoir pas prévenu de son retard. Il songea aux jumeaux qui, à cette heure, devaient être couchés. Il songea à Porfyro qui lui avait une fois de plus filé entre les doigts... Pourtant, une intime conviction ne le quittait pas.

– Il a dû trouver refuge dans ce souterrain, quelque part, marmonna-t-il. Il n'est pas monté par hasard dans cette rame. Elle semblait l'attendre, comme si...

Il se retourna pour quêter l'approbation d'Oneris. Celui-ci dormait déjà, les bras derrière la nuque et la bouche grande ouverte. Single en prit son parti. Il s'installa sur une chaise qu'il positionna face à la porte, dans un angle mort. Il vérifia soigneusement le barillet de son revolver, qu'il posa en évidence à portée de main. Il ferma les yeux.

Il s'assoupit sans même s'en rendre compte...

Ce fut un bruit furtif qui l'éveilla en sursaut. Il s'ébroua, surpris d'avoir cédé si facilement au sommeil. Il tendit la main vers son arme. À sa grande surprise, elle avait disparu. Son regard balaya la pièce. Oneris aussi avait disparu, et il sut que cela n'était pas bon signe. Il se remit prestement sur ses pieds. Le refuge résonnait tout entier de grattements et de murmures indistincts. Quelque part, un long ululement perça le silence, semblable à un cri de ralliement. Le policier sortit sur le palier.

– Oneris ?

Sa voix résonna comme étouffée. Privé de son arme, il se sentit douloureusement démuni. Il remarqua un faible rai de lumière qui filtrait par une porte entrouverte à l'autre bout du couloir. Le cœur battant, il rasa le mur sur la pointe des pieds...

– Oneris, vous êtes là ?

Il repoussa complètement le battant, découvrant une pièce identique à celle qu'il venait de quitter. Son instinct l'avertit d'une présence. Il se pencha sous le lit. Une voix le fit soudain sursauter :

– Je m'appelle Maud, et vous ne me faites pas peur !

Sidéré, Single se retourna. Cachée derrière la porte, la fillette ne devait pas avoir plus de dix ans. Ses cheveux bruns étaient noués en une longue torsade dans son dos. Elle était vêtue d'un jean et d'un blouson souillés. Sur son visage – qui n'avait pas connu la friction d'un gant de toilette depuis longtemps – se peignait une expression d'effroi et de défi mêlés. Elle tenait une bougie en tremblant. C'était cette lueur que le policier avait repérée.

– Du calme, je ne te veux pas de mal.

– C'est ce que disent les adultes quand ils préparent un mauvais coup. Je suis pas une gosse.

– Non... Non, bien sûr. Dis-moi ce que tu fabriques ici, Maud ?

– Et toi ?

Single se trouva singulièrement embarrassé par la question.

– Ce serait une trop longue histoire. Je suis de la police...

– Tu parles ! La police, elle est jamais là quand on en a besoin ! J'habite le Queen's alors je sais de quoi je parle.

Single extirpa sa carte avec un soupir. La fillette y jeta un coup d'œil incrédule. Sous son expression farouche perça soudain une profonde détresse.

– Tu es venu me chercher ?

– Euh... Affirmatif. Tu connais un moyen de nous tirer de là ?

– C'est supposé être drôle ? Tu crois que je serais encore ici si je connaissais le chemin de la sortie ? En tout cas, je veux pas quitter cette chambre.

– Pourquoi ça ?

– Parce qu'ils ne m'ont pas encore trouvée. Mais par ta faute, je sens que ça ne va pas tarder.

– Qui ça « ils » ?

Maud allait répondre lorsqu'elle vacilla. Single la rattrapa in extremis dans ses bras. La bougie tomba et s'éteignit. Il réalisa l'état de faiblesse dans lequel elle se trouvait. Elle n'avait pas dû manger ni boire depuis un bon moment. Elle rouvrit les yeux. Ses mains s'agrippèrent fiévreusement au col du détective.

– Flûte, ma bougie… murmura-t-elle.

– Je t'en offrirai d'autres quand on sera retourné à la surface.

Il la souleva et se glissa dans le couloir.

– Oneris ? appela-t-il. Oneris ?

– Qui c'est, Oneris ? demanda Maud.

– Un type qui était avec moi.

– Il s'est sauvé.

– Comment peux-tu le savoir ?

– Parce que je l'ai vu, tiens ! Quand les bruits ont commencé, il a filé… Et nous, on devrait faire pareil. ILS sont déjà là…

Single marmonna un juron. Il n'eut guère le loisir de s'interroger sur le sort de l'assistant du gouverneur. Il se dirigeait vers l'escalier lorsqu'il eut l'impression curieuse que des silhouettes indistinctes s'agitaient en bas dans la pénombre. Un courant d'air glacial le fit frissonner. L'odeur douceâtre qu'il avait remarquée en arrivant titilla de nouveau ses narines. Il se rappela soudain…

– L'appartement de Porfyro…

Son cerveau lui commanda de battre en retraite aussi vite que le lui permettait son fardeau. Devant quel danger, il n'en savait rien. Mais s'arrachant à sa paralysie, il fonça à l'extrémité du corridor. Il avisa l'échelette de secours menant au toit. Il grimpa pour faire sauter la trappe d'accès d'un coup de poing. Puis saisissant Maud, il la poussa dans l'ouverture. Une seconde après, il roulait près d'elle sur le bitume d'une terrasse carrée bornée aux quatre coins par de hideuses gargouilles décrépites. Une impression malsaine l'envahit. Ce décor ressemblait trop à celui d'un cauchemar pour être réel.

La petite fille lui prit la main, tremblante.

– C'était pas une bonne idée. On aurait dû rester dans MA chambre. Avec MA bougie.

À cet instant, la trappe qu'ils avaient pris soin de rabattre vola en éclats. Des ombres griffues ondulèrent vers eux tels des serpents ductiles. Le policier sentit son sang se figer. Il serra l'enfant contre lui et, reculant pas à pas, s'accula à l'une des gargouilles au faciès hideux rongé par l'humidité. Il observa impuissant la progression des créatures ondoyantes. En un clin d'œil, elles les submergèrent telle une vague subtile et délétère. Elles se lovèrent autour de leurs membres, de leurs pieds, certaines sifflèrent au-dessus de leurs têtes. Elles étaient partout... Sous cette nasse de caresses volatiles, de souffles glacés, Single crut défaillir. Il n'éprouvait aucune souffrance, seulement un froid pénétrant qui le rongeait jusqu'à la moelle des os. Un éclair livide illumina soudain cette scène fantasmagorique. Une voix sifflante de rage contenue tonna :

– Arrière vermine ! Ors donubra metur !

Un second éclair scanda cet appel guttural, paralysant sur-le-champ les ombres affamées d'où émergèrent enfin des visages livides aux yeux cernés, aux bouches molles et avides. Prises de panique, elles se dissipèrent aussitôt comme une nuée d'oiseaux de nuit dans un concert de cris perçants. Single leva les yeux vers le personnage long et noueux qui était apparu, son ample macfarlane nimbant sa silhouette d'un halo noir. Partagé entre incrédulité et soulagement, il marmonna :

– Bonté divine...

Ebenezer Graymes le considéra avec mauvaise humeur.

– Vous n'en ferez jamais d'autres ! Brillante idée de poursuivre Porfyro. Ne vous avais-je pas dit et répété qu'il était à moi ?

– Où étiez-vous tout ce temps ?

– J'étais là, figurez-vous, mais j'ai d'autres chats à fouetter que réparer vos imprudences.

Il posa un regard intimidant sur la fillette qui l'observait avec effroi :

– Qui est cette jeune personne qui se cache derrière vous ?

Single avait presque oublié sa présence.

– Elle s'appelle Maud. Je l'ai trouvée dans l'une des chambres. Tu n'as rien à craindre, Maud. Le professeur Graymes est un ami. Il est venu pour nous aider.

– Un ami ? grogna la fillette. C'est un méchant, ça se voit.

Le démonologue se pencha sur elle d'un air menaçant.

– Nous sommes sur un toit, ici, ma petite. Si tu ne sais pas voler, évite de me parler sur ce ton.

Il jeta un coup d'œil à la ronde.

– Mieux vaut ne pas traîner. Leur faim est toujours plus forte que leur crainte. Au fait, où est votre compagnon ?

– Je l'ignore, répondit Single en secouant la tête. Il a disparu.

– Je vais devoir aussi m'en charger, soupira Graymes. Suivez-moi.

Single vacilla. Une faiblesse inexplicable s'emparait soudain de son corps. Une douleur d'abord discrète puis effilée comme un poignard remonta le long de ses membres. Il considéra ses poignets, puis ses chevilles. Des taches noires maculaient sa peau d'où perlait un peu de sang. Il se rappela les marques sur les victimes de Porfyro et sa tête lui tourna. Graymes inspecta rapidement les cicatrices.

– Ils vous ont eu, mais ce n'est pas trop grave. Quand je vous disais que les vampires procédaient par succion, sans jamais déchirer les chairs... Leurs légendaires canines sont une invention de cinéastes. À la manière des moustiques, ils distillent un fluide qui empêche à la victime d'éprouver la douleur sur-le-champ. Mais ensuite...

– Vous dites ça pour me réconforter, c'est évident. Est-ce que je vais devenir comme eux ? Comme l'affirme la légende ?

– Arrêtez de lire les magazines. Vous êtes encore en vie.

– Maud... est-elle ?

– Apparemment, votre jeune amie n'a rien. J'ai de quoi vous traiter. Attendez.

Il sortit un petit sac de peau. À l'intérieur, il saisit une pincée de poudre d'argent et en aspergea le policier en marmonnant une incantation. Single eut un haut-lecorps, puis se plia en deux sous l'effet de la douleur. Graymes notait ses réactions avec l'intérêt d'un entomologiste observant un papillon. Le policier se remit peu à peu.

– Mais qu'est-ce que c'était ? demanda-t-il quand il eut repris son souffle.

– Un remède de ma confection. Parfois, ça marche.

– Parfois seulement ?

Le regard de Graymes brilla d'un éclair de malice :

– L'autre solution était de vous transpercer le cœur puis de vous trancher la tête. Un peu prématuré, peut-être ? Appuyez-vous contre moi.

Il coula un regard venimeux en direction de Maud.

– Si Mademoiselle veut bien nous suivre...

## LES NAUFRAGÉS

– Carmel Porfyro est ici, annonça Graymes tout en guidant les rescapés dans un nouveau tunnel. Et il nous guette, quelque part... Je pense qu'il répugne à se présenter devant son maître après son escapade ratée. Il doit chercher une monnaie d'échange, une offrande, que sais-je ?

– Moi aussi j'ai le sentiment qu'il est dans ce souterrain. Pourtant il n'était pas à bord de la rame. Je l'ai fouillée de fond en comble. Il n'y avait personne, même pas un conducteur.

– Personne, vous êtes sûr ? railla le démonologue. Personnellement, je m'étais réfugié sur le toit. J'étais tout près de vous lorsque vous avez passé la tête hors du wagon. Pour autant, vous ne m'avez pas remarqué... Est-il impensable que Porfyro ait pu se dissimuler sous une forme ou sous une autre ?

Single partit d'un éclat de rire :

– Il n'y avait qu'un gros rat.

Graymes sourit d'un air entendu, coupant net l'hilarité de son compagnon.

– Porfyro ne s'est quand même pas métamorphosé ! s'égosilla Single.

– Contrairement aux croyances populaires, les vampires répugnent à se changer en animaux. Ils ont une trop haute opinion d'eux-mêmes pour s'abaisser à ce genre de subterfuges. Mais parfois, les circonstances ne leur laissent pas le choix. Méfiez-vous des apparences.

Il huma l'air, à la manière d'un prédateur.

– Il n'est pas loin.

Single balaya les alentours d'un œil anxieux. L'obscurité, trouée par de rares balises lumineuses, ne révélait aucune présence.

– Avez-vous une idée de l'endroit où nous sommes ?

– Bienvenue à Vampire City, clama Graymes, et sa voix parut se répercuter à l'infini.

– Vampire City ? grimaça Single.

– J'ai baptisé ainsi cet endroit. Ce labyrinthe doit s'étendre sur des kilomètres en dessous de New York. J'avais toujours soupçonné sa présence mais sans jamais découvrir le moyen d'y accéder.

– Merveilleux. Pouvez-vous nous en sortir ?

– Voici le domaine où règne Carus Edelmork et son clan, éluda Graymes. Il n'est pas un aristocrate distingué comme on aime imaginer ses semblables. À l'origine, Edelmork était un vulgaire mercenaire crotté et sans éducation. Au fond, il était prédestiné à devenir ce qu'il est. Une âme noire, dénuée de conscience, avide de satisfactions immédiates et brutales. Il a été initié voici plus de deux mille ans, ce qui en fait le plus vieux vampire au monde à ma connaissance. Aimant follement la vie, il a pensé la poursuivre dans la mort. Je l'ai connu en d'autres temps, en d'autres lieux, sur des champs de bataille où l'on s'affrontait encore en armure et cotte de mailles... Oh, ne me demandez rien... Ce serait trop long à vous raconter. Carus Edelmork a survécu à mille époques, mille mondes... C'est dire son immense pouvoir, sa connaissance infinie du cœur humain.

Il ponctua d'un rire acide ce qui manifestement constituait un jeu de mots à son goût. Single considéra ses blessures avec une moue. La poudre dont l'avait aspergé l'occultiste lui avait procuré un certain réconfort, mais elle n'apaisait pas ses craintes. Graymes répondit à sa question muette.

– Je vous rassure, toute victime d'un vampire ne devient pas systématiquement des leurs après sa mort. Bien au contraire. « L'initiateur » choisit soigneusement ceux ou celles qu'il joindra à son clan et tue purement et simplement les autres après s'en être repu. Ainsi Porfyro a jugé ses victimes indignes de former son clan.

– Comment le savez-vous ?

– J'ai feuilleté le dossier et examiné les photos. Aucun de ces malheureux adolescents ne présentait les stigmates par lesquels, sans l'ombre d'un doute, le vampire marque son initié.

– Quels stigmates ? s'étonna Single.

Graymes laissa un fin sourire courir sur ses lèvres :

– Leur absence, justement. Si les marques noires avaient disparu... Par chance, je vous le répète, ces malheureux n'ont pas reçu le « baptême du sang », que l'on nomme aussi « onction », au cours duquel le vampire offre en échange un peu de son sang et scelle le pacte qui les liera dans la mort. Les occultistes rabaissent volontiers le vampire au rang de larve primaire. Ils ont tort. C'est méconnaître leur diabolique intelligence, leur sens presque militaire de l'organisation, semblable à celle des loups, auxquels on les a souvent assimilés. Parmi les nuisances démoniaques, ils ont peu de rivaux. Leur malédiction est plus complexe qu'on ne pourrait penser, et vieille comme le monde. En compagnie de mon maître John Neery, j'ai éradiqué naguère d'autres foyers de vampires semblables à celui-ci en Europe centrale, en Sibérie, et même dans une capitale orientale ultramoderne. J'ai combattu ce fléau sur tous les continents. Il resurgit épisodiquement dans les époques de troubles et d'incertitudes...

Single sentit sa raison se brouiller.

– C'est un cauchemar, marmonna-t-il. Je vais me réveiller d'une minute à l'autre.

– Aucune chance, répartit Graymes avec un petit rire féroce.

La grimace de Maud en dit long sur la répugnance que lui inspirait le personnage. Ils avaient atteint une coursive sans commencement ni fin que balayait un vent glacial. Soudain, leur attention fut attirée par plusieurs voix entonnant un cantique.

– Oh, écoutez ! s'écria Maud. On dirait une église...

Le démonologue inspecta la paroi qui courait devant eux. Il repéra une grotte d'où s'échappait un peu de lumière. Il marcha vers l'entrée, suivi de près par ses deux protégés. Un escalier de pierre plongeait vers une salle en contrebas.

– N'avancez plus ! cria une voix déformée par la peur.

Un déclic d'arme à feu ponctua l'avertissement. Ebenezer Graymes se tourna lentement. Un homme dissimulé dans une anfractuosité braquait un revolver sur eux. Il était de taille moyenne, vêtu de haillons gris et coiffé d'un bonnet de laine. Une mauvaise barbe mangeait son visage tendu par l'angoisse :

– Si nous étions des leurs, lança le démonologue, ce revolver ne vous serait d'aucune utilité, sachez-le. Sauf à provoquer un accident.

Il esquissa un imperceptible mouvement des doigts et l'individu vit son bras tétanisé s'abaisser progressivement.

– J'appartiens à la police, le rassura Single.

La carte brandie parut l'apaiser.

– La police ? C'est pas possible... À la longue, j'avais fini par croire que personne ne viendrait jamais !

– Qui chante ?

– Des malheureux, répondit-il. Des naufragés de ce souterrain comme vous et moi. Ils ont trouvé refuge en bas, dans la maison de Dieu. Là, les créatures de l'enfer ne peuvent nous atteindre… Venez, suivez-moi.

Une volée de marches conduisait à une salle basse où brûlaient des torches improvisées. Une forte odeur d'encens flottait. Des crucifix ornaient les parois. Un autel de bric et de broc avait été aménagé au fond. Une dizaine de personnes était réunie dans cette nef de fortune. Les yeux mi-clos, elles chantaient sous la direction pénétrée d'un pasteur noir. À l'entrée des visiteurs, elles s'interrompirent et tournèrent leurs visages souillés. Dans les regards se lut une crainte presque animale. Le pasteur s'avança vers les nouveaux venus.

– Il faut être pur pour pénétrer dans la maison du Seigneur, dit-il d'une voix solennelle. Êtes-vous purs, encore ? Si vous n'appartenez pas à la horde du diable qui guette au-dehors, alors ici vous serez en sûreté.

Sans prêter attention à son sermon, Graymes inspecta l'endroit d'un regard inquisiteur. Son regard s'attarda sur les quelques effets personnels répandus sur le sol, couvertures, réchauds, sans doute recueillis au hasard des explorations successives.

– Je doute que cette chapelle soit dotée d'une telle vertu. Il y a beau temps qu'un vampire ne craint plus les sanctuaires, ni les croix ni aucun des artefacts de la religion. Jadis, au Moyen-Âge, la culture des vivants se prolongeait dans la mort. L'idée de damnation était présente dans l'esprit du suceur de sang. Plus aujourd'hui. Et je ne vois rien dans ce qui m'entoure qui puisse les dissuader de prendre l'un de vous à n'importe quel moment...

– Chassez-le, révérend ! s'écria une femme. Chassez-le du saint lieu. C'est un impie. Il est des leurs. Pâle comme eux, l'injure à la bouche... C'est un démon !

Les autres reprirent le même couplet. Graymes considéra avec mépris la prédicatrice, une femme aux joues creusées par les privations, les yeux dilatés par le délabrement nerveux. Single eut le sentiment que cette vindicte l'avait blessé.

– Révérend, demanda-t-il, d'où viennent ces gens ?

– D'où nous venons tous, mon fils, répondit l'homme d'église. Nous avons pris le mauvais métro à la mauvaise heure. À intervalles réguliers, d'autres voyageurs perdus s'échouent ici. Certains nous rejoignent et nous renforcent. D'autres tentent seuls leur chance, et de ceux-là il n'en revient jamais aucun. Notre salut est de prier le Seigneur pour qu'il nous délivre du mal. Je suis le pasteur Frazer. Oh, mais c'est une bien belle enfant que vous avez là...

Maud sourit.

– Je suis du Queen's, dit-elle.

– Et cet homme, qui est-il ?

– Un démonologue, un spécialiste des questions occultes. Vous êtes ici depuis longtemps ?

– Comment savoir ? Les montres se sont arrêtées... Rejoignez-nous, mes frères. Vos prières renforceront les nôtres. Voyez, nous sommes si peu nombreux...

– Vous devriez quitter cette caverne sans tarder, coupa Graymes, ou je ne réponds pas de votre sécurité.

Single le dévisagea d'un air réprobateur.

– Je crois que vous vous trompez, répliqua Frazer. Les créatures n'osent pas approcher de cette chapelle depuis que nous y sommes. J'ai l'impression qu'elles craignent cet endroit.

Graymes haussa les épaules.

– Il n'est pas autant protégé que vous le supposez. Mieux vaut transporter votre chapelle et vos chants dans un coin moins exposé où je tracerai des cercles appropriés. Les vampires ne peuvent pénétrer dans les endroits clos...

– Savez-vous les détruire ? interrogea le pasteur.

– Beaucoup d'idioties circulent sur les vampires qui jettent un voile de confusion sur leur véritable personnalité. Ils ne craignent pas l'ail, mais l'arsenic qui était utilisé par les sorciers lors de rituels de purification. En brûlant, il dégage une odeur voisine. Car les éléments purificateurs sont les seules armes. Par-delà les religions et les croyances, les cultures et les peuples, le feu mais aussi l'eau vive, la clarté du soleil et toute pointe durcie au feu, symbole de fertilité et de vie, constituent le seul arsenal valable. De la Chine à la Grèce antique, de l'Europe centrale à l'Angleterre, fouillez les archives, explorez les grimoires, partout et toujours, depuis la nuit des temps, vous en trouverez la preuve. Le reste n'est que fadaises. À commencer par la prière.

Il avait débité son discours d'un trait, comme s'il ne se faisait guère d'illusions sur ses chances d'être entendu.

– Nous savons qui ils sont, mon fils, répartit le pasteur. Mais pour les combattre nous avons les symboles de la souffrance de notre Seigneur et nous avons nos chants.

Graymes grommela un juron et se tourna vers Single.

– Venez, le risque est trop grand à demeurer ici. En ne touchant pas ce sanctuaire,

Edelmork s'arrange pour que ses victimes s'y regroupent. Ainsi la tâche est plus aisée.

Il perçut l'hésitation du policier.

– Single ?

Ce dernier posa la main sur la tête de la fillette.

– Je ne sais pas. Pour l'instant, je préfère attendre.

– Attendre quoi ? Qu'espérez-vous ?

Comme il n'obtenait pas de réponse, Graymes laissa échapper un soupir.

– Il ne me reste plus qu'à découvrir le refuge d'Edelmork.

Frazer dévisagea l'occultiste avec stupeur.

– Qui êtes-vous au juste ?

– Personne que vous n'aimeriez compter parmi vos fréquentations, pasteur...

Il se détourna avec mauvaise humeur. Comme il atteignait l'escalier, il s'arrêta, revint sur ses pas et se planta devant Maud qui eut un geste de recul. Il fouilla dans la poche de son gilet et en ressortit une amulette, une sorte de larme de cristal dans laquelle flottait un liquide incolore.

– C'est quoi ?

– Si les choses tournaient mal, croque-le.

– Croquer ça ? C'est un caillou !

– En apparence seulement. Il guérit de tous les poisons, même des pires.

Il esquissa un geste pour caresser sa tête avant d'y renoncer avec une mimique embarrassée. Maud le suivit des yeux tandis qu'il ressortait dans la nuit. Elle éprouva soudain un grand sentiment de solitude.

## NO WAY

Aux premiers bruits suspects, Pete Oneris avait couru hors de l'hôtel comme s'il avait l'enfer à ses trousses. Il avait tenté de réveiller Single, mais constatant que le policier avait sombré dans une profonde léthargie, il l'avait abandonné sans remords. Il n'avait plus qu'une pensée. Fuir ce cauchemar. Sauver sa peau. Maintenant, adossé à la paroi suintante du tunnel, il cherchait à se repérer, haletant, la bouche sèche, l'esprit en feu. Il se remit à trottiner, hagard. Il lui sembla reconnaître les escaliers qui conduisaient à la station de métro. Son cœur battit plus vite. S'il avait pu arriver par ce chemin, il nourrissait l'espoir de repartir de la même manière.

Oneris dévala les marches glissantes. Il

perdit l'équilibre, roula sur le ciment. Il se releva en se tenant les reins. Quand il leva les yeux, il fut surpris de trouver le vieux chef de station qui le considérait avec curiosité. Il ne l'avait pas entendu approcher.

– Comme c'est gentil... murmura-t-il en soulevant sa casquette. Comme c'est gentil de revenir voir le vieux Bill. Car moi vous savez, je n'ai pas le droit de toucher les nouveaux arrivants... sauf s'ils font demi-tour et c'est plutôt rare. Les autres, là-haut, ils veillent. Les miettes, voilà ce qu'on me laisse. Misère...

Saisi de terreur, Oneris se plaqua au mur dépoli comme s'il espérait se fondre à l'intérieur.

– Vous... Vous êtes des leurs !

– Doucement ! se récria Bill. Je ne suis pas un monstre, qu'est-ce que vous imaginez ? Je ne suis pas mauvais. Les autres là-haut, ça oui... ils n'épargnent personne. Mais moi, moi je suis vieux et je n'ai plus guère d'appétit. Ils ont même oublié jusqu'à mon existence, mes frères de la nuit. Mais j'ai un cœur, vous savez, un cœur empli d'amour pour mon prochain. Je peux vous offrir l'éternité...

– Je comprends, mais... déglutit Oneris. À quelle heure passe la prochaine rame ?

– Qu'est-ce que la mort, monsieur ? poursuivit le vieux vampire comme s'il n'avait pas entendu. Le passage d'un état à un autre état, le franchissement d'un pont vers la félicité. Grâce à moi vous échapperez au néant. J'ai l'impression que vous feriez un bon compagnon. Vous pouvez me croire, ma mort est plus belle que votre vie.

Oneris glissa jusqu'au pilier suivant, guettant la première occasion d'échapper au personnage qui le suivait malicieusement, anticipant chacun de ses gestes. Soudain, il ne le vit plus. Il crut l'instant propice et retourna sur ses pas. Bill lui barra la route comme par enchantement.

– Considérez que vous n'auriez plus d'ordres à recevoir de personne, plus d'humiliations à subir. Pour un prix dérisoire… un peu de votre sang.

Malgré lui, Oneris fut pris d'une hésitation. Il revit le sévère gouverneur, se rappela son arrogance et le mépris avec lequel il le traitait. Une fraction de seconde, il s'imagina mordant dans son cou à pleines dents. La scène lui parut si réelle qu'un sourire de béatitude se dessina sur ses lèvres. Quand il revint à la réalité, la bouche du chef de gare s'allongeait démesurément vers lui comme pour cueillir un ignoble baiser. Oneris poussa un cri. Au même instant, le vampire fut secoué par un violent sursaut. Il ouvrit les yeux tout grands, considérant la lame qui venait de le traverser de part en part pour rejaillir de sa poitrine.

– Merde... couina-t-il.

Il s'affaissa sans un bruit, tel un pantin dont les fils viennent d'être tranchés. Il n'avait pas touché le sol qu'il fondit comme cire. Il ne resta de lui que sa ridicule casquette en équilibre instable sur un tas de matière friable et fumante. Le souffle coupé, Oneris contempla le spectacle, incapable d'esquisser le moindre mouvement.

– Vaincre la mort, oui, mais à quel prix... Prisonnier l'éternité durant dans une enveloppe hideuse, à l'écart de la lumière du jour, contraint de marauder la nuit tombée en quête de proies innocentes et terrorisées, puis regagner une répugnante tanière en rampant pitoyablement, gorgé comme une outre. Si vous pensez que l'homme est né pour vivre en animal, repu mais vil, n'hésitez pas Oneris. Votre avenir est tout tracé.

L'assistant du gouverneur leva les yeux vers la haute silhouette noire qui avait surgi de la pénombre. Il entrevit la longue épée dégoulinante que l'homme ramenait dans les profondeurs de son manteau. Dans l'ombre du feutre, ses yeux sombres luisirent. Oneris déglutit avec peine.

– V… Vous l'avez tué.
– Ne dites pas d'idioties. Il était déjà mort.
– Je veux partir d'ici !
– Il n'y a pas d'issue.

Oneris jeta un regard désespéré vers la voie.

– Je vais suivre le rail. Il doit bien mener quelque part…

Graymes haussa les épaules.

– Vous n'irez pas loin. Ce tunnel ne mène nulle part. N'avez-vous pas compris que nous sommes dans un autre monde, ici ? Vous tomberez d'épuisement et mourrez de froid sans espérer le moindre secours. Il n'existe qu'un moyen de s'échapper.

– Lequel, par tous les saints ? Quel moyen ?

– C'est moi, votre moyen.

Pete Oneris secoua la tête avec accablement.

– Je crois que je vais vomir…

Il se pencha en avant.

# ESCAPADE

Après le départ de Graymes, Single sentit à nouveau la fatigue engourdir ses membres. Il dut s'adosser contre la paroi, à l'écart des autres. Ses dents s'entrechoquaient sous l'effet d'une forte fièvre. Un voile obscurcissait ses yeux. Il constata que les taches sur ses mains formaient de vilaines cloques qui le lançaient douloureusement. Il s'étira, éveillant Maud qui s'était assoupie contre son épaule.

– Ça ne va pas ? Tu es malade ?

Single grimaça un sourire.

– Non, tout va bien. Ce n'est rien.

– Tu penses qu'il va revenir, ton ami ?

– Comment savoir ? Tu auras remarqué qu'il est pour le moins imprévisible.

– Pour ne pas aimer les enfants comme

ça, il doit être très malheureux... Et puis il est trop jeune pour être un professeur.

– Ce doit être son problème.

– Toi, tu as des enfants ?

– J'en ai deux, des jumeaux, et une épouse aussi, qui va m'engueuler sévère quand je vais rentrer.

Mouillant son pouce, Single lui fit un brin de toilette sous les yeux.

– D'où tu viens, dis-moi ? Tu n'es pas arrivée ici par hasard.

– Je rentrais chez moi, se souvint Maud comme dans un rêve. Dans la journée, je fais ce que je veux, mes parents ne sont pas là. J'ai dû me tromper de ligne. Au début, j'ai attendu le métro suivant. Comme il ne venait pas, j'ai cherché la sortie pour prendre un taxi. J'ai toujours dix dollars en réserve pour prendre le taxi. Et une bougie. C'est utile une bougie. Tu vois, voilà mes dix dollars...

Elle sortit un billet soigneusement plié en quatre.

– Ce sont les plus beaux dix dollars que j'aie jamais vus, apprécia Single.

– Mais le pasteur a raison. Il n'y a pas de sortie. J'étais fatiguée alors je suis entrée dans cet hôtel. Chaque fois que j'entendais du bruit, je me cachais. Ils ne m'ont jamais trouvée. Enfin là, ma mère risque de me passer un savon.

L'inconscience propre à son âge émut le policier.

– On lui enverra le professeur Graymes. Il a un talent inné pour persuader les gens.

Sur ces entrefaites, l'homme au bonnet s'approcha d'eux. Il considéra les cicatrices sur le poignet du policier.

– Vous aussi… Nous sommes plusieurs dans ce cas. Parfois, ils ne terminent pas leur œuvre. Allez savoir pourquoi.

Il retroussa sa manche, découvrant des traces similaires, mais plus pâles.

– L'essentiel est qu'ils n'en terminent pas avec vous. Tant qu'il existe une lueur de vie, vous êtes sauf.

Un étrange concert de cris éclata au-dehors.

– Écoutez-les ! murmura l'homme en blêmissant. Avez-vous déjà entendu des humains hurler de la sorte ? À intervalles réguliers, ils se rappellent à notre bon souvenir. Ils doivent lire dans nos pensées car ils nous appellent par nos noms, et aussi ils connaissent des choses sur vous… Des choses intimes. Ils espèrent qu'on va craquer et se précipiter au-dehors. Et ça réussit souvent. Sans le pasteur, tout le monde ici serait déjà mort, ou complètement fou.

Je ne suis pas d'accord avec votre ami. Les chants y sont sûrement pour quelque chose...

Parmi les hurlements, une voix s'éleva soudain que Single eût identifiée entre mille :

– Eh, Bilbo ! Nous savons que tu es là, Bilbo ! Je m'occuperai de toi personnellement. Nous avons un compte à régler... Garde bien la petite Maud... Garde-la, car mon maître la veut ! Et ce qu'il veut lui appartient déjà.

L'homme au bonnet dévisagea le policier avec inquiétude.

– Celui-là, il a l'air de vous connaître...

– C'est Carmel Porfyro, gronda Single. Un tueur que je poursuis depuis un bout de temps...

– Pourquoi il vous appelle Bilbo ?

– C'est mon surnom dans la police. Ça vient d'un personnage de Tolkien, un bouquin pour enfant. Bilbo le Hobbit. Une demi-portion.

Cela n'eut guère le don de dérider la fillette, qui maltraitait le colifichet de Graymes entre ses doigts tremblants. Les cris cessèrent aussi brusquement qu'ils avaient commencé.

– On n'y croit pas au début, soupira l'homme au bonnet. On n'y croit pas, non.

Comment croire à une chose pareille ? On attend des secours. On se dit que quelqu'un va forcément venir. Si une poubelle prend feu là-haut, vous avez deux camions de pompiers pour l'éteindre. Mais là, personne ne vient. On est dans l'obscurité, on crève de peur et personne ne vient.

Il considéra les membres de sa communauté assoupis dans le fond de la chapelle autour du pasteur Frazer.

– Je suis ici depuis si longtemps... poursuivit l'homme d'une voix étranglée. On a dû m'oublier. J'ai ma femme là-haut, quelque part. Je me demande comment elle vit ça...

Single chercha des mots pour le réconforter, de ceux qu'il eût aimé entendre. Il n'en trouva aucun. Il devait l'admettre, l'espoir était mince de quitter cet endroit.

– Vampire City... murmura Single.

Soudain, son cœur fit un bond dans sa poitrine. Maud n'était plus à ses côtés. Profitant de ce que son attention s'était distraite, elle s'était esquivée. Elle n'était plus dans la chapelle.

– Maud ?

Son appel tira le pasteur et ses ouailles de leur somnolence.

– Vous l'avez vue ? cria Single. La petite... elle était là et...

L'homme au bonnet secoua la tête.

– Je n'ai pas fait attention…

Malgré sa faiblesse, le policier se leva et courut dans l'escalier. Il passa la tête au-dehors, scruta le tunnel en appelant à pleins poumons :

– Maud ! Reviens ! Maud !

Seul le lancinant goutte à goutte lui répondit. Rageur, il fonça jusqu'à l'extrémité du passage. Il dévala une volée de marches noires pour déboucher sur une voie éclairée par de maigres ampoules.

– Maud ?

Le son de sa voix résonna curieusement sous la voûte. Un mauvais pressentiment lui serra le cœur. Il eut l'impression que quelque chose se déplaçait au-dessus de lui. Sa gorge se dessécha d'un coup. Brusquement, une tête renversée, encadrée de longs cheveux noirs lui sourit dans l'obscurité.

– Je savais bien que l'on se retrouverait… murmura Carmel Porfyro.

Dans un réflexe, Single chercha son arme.

Le vampire agita son revolver sous son nez :

– Le voici… Tu aimerais t'en servir ? Tiens. Je te l'offre. Il reste encore des balles dans le barillet.

Single hésita. Il venait de repérer les ombres insidieuses qui rampaient le long des parois telle une lèpre vivante. Porfyro renifla légèrement.

– Tu crèves de peur. Je raffole de ce délicat fumet. Les filles que j'ai tuées transpiraient aussi de la sorte...

Single lui arracha l'arme tendue et tira à deux reprises. Mais Porfyro s'était déjà volatilisé. Le policier enragea. Il fit un tour sur lui-même. Porfyro était dans son dos. Le vampire porta la main à son cœur en mimant une vive douleur.

– Aïe. Tu m'as fait mal.

Il partit d'un éclat de rire frénétique.

– Tu n'as donc rien compris ? Tu ne peux pas me tuer. Je suis déjà mort. Mort, Bilbo. Tu saisis ?

Le revolver échappa des mains du policier et s'envola. Dans la situation désespérée où il se trouvait, il se souvint des cours de psychologie à l'école de police. Gagner du temps, c'était sa seule chance.

– Qu'as-tu fait de Maud ?

– Pfuitt ! Partie ! Envolée ! s'exclama Porfyro en agitant les doigts à la manière d'un prestidigitateur.

Puis recouvrant aussitôt son sérieux :

– Que crois-tu que j'en aie fait ? À quoi crois-tu que vous soyez destinés, toi et les pleurnichards qui sont cachés là-bas ?

Single réfléchissait à toute allure, se rappelant les mille choses que Graymes avait évoquées au sujet des vampires.

– Je parie que tu gardes la petite fille pour l'offrir à ton maître, lança-t-il avec un sourire qui lui coûta mille efforts. Afin de te faire pardonner ta désobéissance. Ce ne sera peut-être pas suffisant pour l'apaiser. Je parie même qu'il te réserve une bonne correction... Tu en as si peur que tu n'as pas osé te présenter encore à lui.

Porfyro se tendit comme un arc, preuve que la pique avait atteint son but.

– Je te conseille de la fermer. Tu ne sais pas de quoi tu parles.

– Avec le temps, poursuivit Single sans s'émouvoir, il est devenu plus sage et toi... plus ambitieux. Pourquoi restes-tu terré ici comme un rat ? Qu'attends-tu pour voler de tes propres ailes ? Avoue que la ville te plaisait mieux que ce caveau sordide où tu dois te contenter de pauvres types piégés dans vos métros fantômes... La peur, ce n'est pas bon pour le sang... Ce doit être meilleur quand la victime est choisie parmi la foule, qu'elle ne se doute de rien jusqu'au dernier moment.

Porfyro retomba sur ses pieds et abaissa sur le policier un regard de braise.

– Bilbo... Tu es vraiment... vraiment... Petit !

– On me l'a souvent dit.

– Qu'espères-tu ? Tu es déjà mien…

La mâchoire de Porfyro se disloqua et un appendice immonde jaillit d'entre ses dents aiguës. Single sentit ses jambes défaillir. Il dut consentir un effort intense pour maîtriser sa terreur. Les fragiles digues qui protégeaient sa raison menaçaient de céder. Les ombres prirent forme humaine et apparurent vêtues de manteaux gris et élimés. Leur cercle se resserra autour de Single. Porfyro se balança d'avant en arrière, comme un cobra prêt à frapper. À cet instant précis, un trait blanc vrilla les airs. Porfyro baissa les yeux, considérant la plume blanche qui sortait de sa poitrine.

– Oh non… gémit-il en s'affaissant. Pas encore.

L'attaque produisit une panique indescriptible parmi ses congénères. Ils rebondirent en tous sens contre les parois avec des cris furieux. Juché au sommet de l'escalier, Ebenezer Graymes contempla un instant la scène puis, dans son poing ganté, jaillit un éventail de plumes noires. Il les jeta en l'air en marmonnant une imprécation. Elles s'envolèrent aussitôt en quête de leurs proies. Transpercés en plein vol, les vampires explosèrent en mille miettes. Le combat n'avait pas duré plus d'une minute. D'un bond prodigieux, Graymes atterrit auprès du policier. Son visage d'ordinaire si pâle s'était empourpré dans le feu de l'action. Il donna une tape sur l'épaule du lieutenant.

– Très habile ! le félicita-t-il. Vous avez répété avant, ou c'était naturel ?

– École de police, soupira Single.

Sur ces entrefaites, Pete Oneris les rejoignit, regardant autour de lui comme s'il n'arrivait pas à en croire ses yeux. Il serra les mains de Single.

– Vous vous en êtes sorti, bon sang !

– Toujours le sens de la formule, hein ?

Luttant contre la lente paralysie qui s'emparait de son corps, Carmel Porfyro s'efforçait pendant ce temps de ramper hors de portée. Sa tentative désespérée n'avait pas échappé au démonologue. Sans hâte, il lui barra la route. Le vampire observa les deux bottines de cuir qui luisaient sous son nez, puis il leva les yeux vers son adversaire vainqueur, esquissant un rictus. L'espace d'un instant, sa véritable apparence, d'une hideur dépassant l'entendement, perça sous le masque humain.

– Magicien de merde, invectiva-t-il. Je boirai ton sang goutte après goutte et tu sauras ce que souffrance signifie.

Sa menace laissa Graymes de marbre.

– Tu manques vraiment d'éducation, soupira-t-il.

– Edelmork te fera souffrir mille morts si tu touches un de mes cheveux. Tu ne le connais pas.

Une moue méprisante chassa le sourire du démonologue.

– En ce qui me concerne, tu n'es que du menu fretin. Juste bon à servir de monnaie d'échange. Tu lui as déjà envoyé la gosse ?

– Il est trop tard pour elle… Il raf… fole des petites filles.

– Nous allons voir. Mène-moi à son repaire.

Porfyro avait toutes les peines du monde à articuler.

– Ja… Jamais !

Graymes tira posément une plume noire et la balança sous ses yeux.

– Dans ce cas, tu ne m'es plus d'aucune utilité, et je crains que tu ne rejoignes tes infortunés frères de la nuit…

Porfyro poussa un rugissement où se mêlaient colère et effroi. L'engourdissement gagnait insidieusement chaque pouce de son corps. Il s'épuisa en de vaines tentatives pour se débattre.

– Alors ? demanda Graymes d'un ton négligent. Que décides-tu ?

Les prunelles de Porfyro ne furent plus

que deux fentes sournoises. Un affreux sourire tordit sa bouche craquelée.

– Je vais te mener à lui, Chas... seur Noir, siffla-t-il. Et tu auras toute la mort pour le regretter...

## POISON VIOLENT

Ebenezer Graymes considéra l'ascenseur de tôle boulonnée qui barrait l'extrémité du passage. Le malaise était perceptible sur son visage. Il adressa un regard mauvais à Porfyro traîné à ses pieds.

– Je déteste les ascenseurs, soupira-t-il. J'espère pour toi que tu ne me conduis pas sur une fausse piste...

Il attira son captif tétanisé à l'intérieur de la cabine vétuste. Single allait le suivre quand il l'arrêta d'un geste.

– Pas question. Je veux que vous m'attendiez ici. Votre présence ne ferait que me compliquer les choses.

Le policier protestait déjà mais l'occultiste referma sèchement la grille.

– J'ignore ce qui se passera en bas. Dès

à présent, je compte sur vous pour emmener le maximum de monde à la station de métro. Peut-être une chance se présentera-t-elle…

– Graymes, je…

– Je veux votre parole d'officier de police.

Single sentit l'émotion lui serrer la gorge.

– Vous l'avez, lâcha-t-il à contrecœur. Trouvez Maud, je vous en prie. C'est une enfant.

– Pour mon malheur, grinça Graymes.

La cabine s'enfonça sous terre dans un affreux tintamarre de métal maltraité. La dernière image que Single conserva du démonologue fut son geste pour porter une fiasque d'argent à ses lèvres, son visage aigu étiré par la peur, dans la clarté de l'ampoule nue…

L'appareil atterrit sèchement dans une vaste salle tendue d'extravagantes draperies écarlates qui ondulaient comme les voiles d'un navire. Des tableaux de maîtres jalonnaient les murs noircis par le salpêtre. Suspendues à la voûte de ce théâtre naturel, des dizaines de formes humaines se balançaient tête en bas, à la manière des chauves-souris. Graymes renifla fortement. Il s'agenouilla, ramassa un peu de terre grise dans le creux de sa main. De petites araignées jouèrent sur ses doigts, qu'il chassa d'un souffle. Il sut qu'il avait atteint le sanctuaire.

Il hala sans ménagement Porfyro par le col de sa gabardine jusqu'au milieu de l'esplanade. Une nuée de projecteurs dénuda subitement l'espace, révélant un imposant bathyscaphe hérissé de tuyauteries dont le réseau tortueux se perdait dans les hauteurs. Graymes haussa un sourcil étonné. La structure semblait échouée ici depuis des siècles. Une passerelle métallique se déroula jusqu'à ses pieds.

– Ton maître a déjà eu connaissance de notre venue, lança Graymes à l'intention de Porfyro. Gageons qu'aucun de nos gestes ne lui a échappé.

– Tu es din… gue, murmura celui-ci.

Graymes et son prisonnier s'avancèrent sur la passerelle menant au vaisseau surréaliste. Ils débouchèrent sur une rotonde où le lacis de canalisations se rejoignait pour figurer un orgue gigantesque. Des vapeurs méphitiques s'élevaient du sol grillagé. Dans la lumière tamisée, Graymes distingua une silhouette tassée sur un trône à haut dossier, forgé dans un agrégat de métaux de récupération. À ses pieds ondoyait un jeté d'étoffes noires et vaporeuses. Une voix du fond des âges couvrit le vrombissement de machines invisibles :

– Je donnerais mon éternité pour assister une fois encore au lever de soleil sur la grande bibliothèque d'Alexandrie. Songer qu'il y eut de ces aubes par milliers et que nulle mémoire vivante n'en a conservé la beauté... Qui a dit que les vampires détestaient la clarté du jour ? J'aime l'aube. Je l'admire et je l'envie, comme tout trésor inaccessible. Parfois, je me tiens près de la surface et, sous une grille d'égout, j'observe ce moment unique lorsque les gratte-ciels se dévoilent... Bien sûr, je ne pourrais m'y exposer. La loi est écrite. On ne peut la changer. Et j'ai choisi la nuit.

Carus Edelmork laissa glisser ses mains griffues le long des accoudoirs et, avec un effort manifeste, se dressa de toute sa hauteur face à son visiteur. Il avait l'aspect d'un être humain, quoique son front bombé fût curieusement disproportionné et surplombât le reste de son faciès creusé aux veines apparentes. Sous ce promontoire où semblait accumulé un savoir dépassant l'entendement, brillaient deux yeux d'un éclat sombre. Les lèvres larges, curieusement mobiles, esquissèrent un sourire qui laissa entrevoir des dents sans soin. Il secoua sa longue crinière blanche.

– Nous devions nous rencontrer tôt ou tard, Ebenezer Graymes. Tu mérites bien ce surnom de Chasseur Noir qui court chez nous. Ton maître John Neery lui-même, qui pourtant n'a pas ménagé sa peine pour nous anéantir, n'a jamais manifesté un tel entêtement, une telle rage de destruction à notre égard… Comment l'expliques-tu, Graymes ? Serait-ce que tu vois en nous le reflet déformé de ta propre image ? Comme nous, tu aimes la nuit et souffres de la clarté. Comme nous tu n'as pas vaincu la bête sanguinaire qui gronde en toi. Comme nous tu es incapable d'aimer…

– J'ai aussi connu d'autres vies, se contenta de répondre Ebenezer Graymes.

– Oui, d'autres vies, poursuivit le Hiérarque des Vampires en rajustant ses haillons grisâtres et poussiéreux sur ses épaules. D'autres vies où tu répandis le mal, versant le sang, volant et mendiant tour à tour, vendant ton épée aux pires causes. Tu as changé de corps et tu as changé de nom mais tu n'es pas différent de moi. As-tu changé d'âme aussi ?

Déconcerté par son discours, le démonologue laissa son regard errer sur les murs de métal glacé.

– Pour chaque faute il existe un pardon, répondit-il. Pour chaque pardon il existe un prix.

– Oh ? Et JE suis le prix ? Tu espères rembourser ta dette en te mesurant à moi ? Pour prouver que tu fus digne de la confiance que mit la Commanderie des Abîmes en toi ? Et tu iras ainsi jusqu'à la fin de cette ultime existence en guerroyant pour des causes dont nul ne se soucie ?

– Je suis un Commandeur, en effet et j'honore ce rang. John Neery m'intronisa et je poursuivrai son œuvre.

– John Neery... Je me rappelle bien de lui, le vieux magicien blanc. Ce chapeau que tu portes et ce manteau furent siens. Tu cultives son souvenir comme on fleurit le tombeau des morts... Es-tu toi, es-tu lui ? Avoue, tu n'en es pas certain.

Graymes serra les mâchoires, piqué au vif.

– Vieux discours de vieux vampire...

Il poussa sans ménagement Porfyro devant lui, qui durant cet échange était demeuré prostré front contre terre.

– Je crois que ceci t'appartient. Je te l'échangerai contre la fillette dont il t'a fait présent...

Carus Edelmork abaissa un regard vers

son fils de sang. Il ébaucha un geste négligent de la main.

– Sans intérêt...

Il se détourna pour caresser de ses doigts noueux les tuyaux enlacés, qui s'élargissaient plus haut en éclaboussures de métal rouillé. Il souleva tel ou tel clapet et, successivement, des bruits divers envahirent la salle : rumeur d'embouteillage, trépignement de la foule, conversations frénétiques...

– Je me suis retiré du monde, expliqua Edelmork, mais j'aime entendre l'agitation de la surface. Ces tuyaux sillonnent la ville et me rapportent informations et sons. Les images ne présentent plus d'intérêt, car j'ai tout vu. Mais les sons révèlent encore des mystères inouïs... Écoute ceci...

Une voix de soprano s'éleva dans le silence oppressant, accompagnée par un orchestre jouant pianissimo. Graymes reconnut sans hésitation l'air ultime d'un opéra de Wagner.

– La mort d'Isolde, murmura-t-il.

Edelmork sourit.

– J'apprécie de converser avec un homme cultivé. C'est chose si rare. Les membres de mon clan sont des imbéciles. Mais qu'y faire ? Ils appartiennent à leur époque et j'ai dû m'en satisfaire. J'ai été moi aussi violent et barbare, façonné dans la glaise des mauvais chemins. Mais le temps a fait son œuvre. Il m'a rendu moins mauvais, je crois. Ah, le temps... Il ronge tout comme l'eau finit par avoir raison de la plus infranchissable muraille. L'immortalité même n'existe pas. Les vampires vieillissent aussi. Imperceptiblement, certes, mais la survivance n'est pas sans limite. Rien n'est sans limite dans l'univers. Rien. Aucun maléfice, aucune magie ne peuvent emprisonner le temps.

Au pied du trône métallique, les longues étoffes diaprées s'agitèrent de présences délétères. Des visages de femmes apparurent qui composèrent autour d'Edelmork un étrange tableau de pieuse vénération. Graymes considéra le repoussant cortège sans cesser d'écouter l'émouvant crescendo qui là-haut, bien loin, épousait progressivement la mélodie suave murmurée par l'orchestre.

– Ce tuyau me relie à la fosse d'orchestre du nouveau Metropolitan Opera...

Edelmork était prostré dans une félicité presque touchante et sa longue main osseuse suivait à la perfection l'ondulation du thème.

– J'aime tellement cet opéra que je pourrais l'entendre pendant des siècles encore...

L'orchestre s'éleva vers les cimes d'un

indicible renoncement avant que de s'éteindre dans un murmure, et le dernier souffle d'un accord immortel.

– Bravo ! Bravo ! s'exclama le Hiérarque en applaudissant avec une désespérante lenteur.

Il referma le clapet. Le silence qui succéda se chargea d'une étrange mélancolie.

– L'ennui, c'est qu'il est devenu extrêmement difficile de trouver de bons chanteurs pour interpréter Wagner de nos jours. Notre époque est devenue trop superficielle pour se pénétrer de tels mystères. J'ai assisté jadis aux premières représentations à Bayreuth... Rien à voir. Non, rien à voir...

Tandis qu'il parlait, les succubes s'agitaient lascivement autour de lui. L'une d'elles, plus audacieuse, lui caressa le visage. Il saisit doucement sa main, y posa ses lèvres, et les releva aussi rouges que s'il venait de goûter à une cerise. La créature battit en retraite avec un curieux sanglot où se confondaient souffrance et ravissement.

– Je suis venu pour conclure un marché, coupa Graymes.

Edelmork émit un grondement sourd qui ébranla jusqu'aux fondations du souterrain. Dans ses yeux noirs couva un feu dangereux. Il tendit la main vers le prisonnier. Avant que Graymes eût le temps de réagir, celui-ci s'éleva dans les airs, aimanté par le pouvoir surnaturel du monstre. Sitôt qu'il fut à portée, Edelmork le saisit à la gorge avec une brutalité presque effrayante et le considéra avec l'intérêt d'un fauve pour sa proie.

– Carmel, murmura-t-il avec une tendresse feinte. Mon joli Carmel, je t'avais bien recommandé de ne pas quitter notre refuge. Je t'avais expliqué que le temps n'était pas encore venu pour toi, que tu étais trop jeune. Vingt ans ne sont qu'une goutte d'eau dans l'océan de l'immortalité.

Porfyro, le visage écarlate, les yeux exorbités, approuva servilement tout en cherchant à défaire la terrible étreinte. Mais la force d'Edelmork surclassait la sienne.

– Je t'avais conté la légende du Chasseur Noir qui eut plusieurs vies pour traverser l'éternité, tels ces bédouins qui empruntent maints chevaux pour traverser le désert... Tu te souviens ?

Tout en parlant, Edelmork repoussa le clapet d'une canalisation plus large. Aussitôt, un rayon orangé traversa la pièce.

– L'aube est déjà là... Je crois qu'il fera beau aujourd'hui si les nuages de pollution consentent à se dissiper.

Porfyro laissa échapper une clameur aiguë

comme la clarté effleurait ses vêtements. Une fumée grise s'éleva dans son dos.

– Je... Je t'en supplie. Maître... bégaya-t-il piteusement. Je t'ai envoyé un présent...

– J'ai bien reçu ce présent et je t'en remercie. Mais tu m'as désobéi. Je dois te reprendre ce que naguère je t'ai donné...

Edelmork exposa sans sourciller sa victime à la lumière diurne. Porfyro parut se cristalliser en une fraction de seconde. Son cri se figea sur ses lèvres craquelées. Le vieux vampire relâcha sa prise et le cadavre vitrifié de son congénère se brisa sur le sol en mille morceaux. Une vapeur nauséabonde emplit la salle.

Le Hiérarque se tourna posément vers Graymes.

– Trop jeune, trop impatient, et trop stupide. Il n'a pas compris que tu t'étais servi de lui pour remonter jusqu'à moi. Je suis toujours navré de sévir ainsi, mais c'est parfois nécessaire. Je suppose que tu as apprécié cette justice immanente, Ebenezer Graymes. Quels que soient les forfaits perpétrés par ce jeune fou, ils sont vengés. Nous pouvons nous en tenir là. Retourne à la surface, veiller sur ta juridiction et laisse-moi vivre en paix sous la ville. Comme par le passé, nos chemins ne se croiseront plus. Mon clan et moi ne prélevons qu'un bien maigre tribut comparé aux criminels qui infestent la surface, et je ne parle même pas des politiciens et des financiers...

Les paroles d'Edelmork sonnaient avec une telle persuasion que Graymes sentit sa détermination vaciller. Il jeta un regard en arrière, en direction des vampires suspendus à la voûte, qu'agitait un courant d'air. Un froid désagréable remonta le long de ses membres, lui rappelant la précaution qu'il avait prise pour ne pouvoir reculer. Il tint bon.

– La gamine.

Carus Edelmork eut un rire creux, réduit à un soupir saccadé. D'un geste, il chassa les succubes qui l'entouraient et sur la place libérée par les étoffes moirées apparut Maud, mortellement pâle, les bras croisés au-dessus de sa tête. Elle leva lentement les yeux, fixant sur Graymes un regard où se lisait toute la terreur du monde.

– Si je te rendais cet enfant, expliqua Edelmork, je consentirais à un lourd sacrifice car je n'ai pas goûté de ses semblables depuis fort longtemps. Ils constituent mes mets préférés. Leur sang est rare, si savoureux, si pur. La pureté du sang, vois-tu, est devenue chose difficile à trouver. Aujourd'hui, avec tous ces malades, ces drogués... Nous autres vampires courons le risque d'être à notre tour contaminés. À mon âge, on ne peut plus se contenter du tout-venant.

– La gamine, vampire, insista Graymes en essuyant discrètement la sueur qui perlait de son front.

– Qu'aurais-tu à m'offrir en échange ?

– Plus que tu ne crois, répondit le démonologue en tendant l'un de ses poignets.

Les pupilles d'Edelmork luisirent d'un éclat incandescent. En un clin d'œil, il s'était déplacé devant Graymes.

– Ouiiii... siffla-t-il. Ce présent vaut tous les autres, je l'accepte bien volontiers.

Graymes serra les dents. Il eut un regard vers les créatures femelles dont le cercle se resserrait.

– Libère d'abord la fillette.

– Elle peut partir... Oui, elle peut partir... Pars fillette... Pars ! fit Edelmork en accompagnant son ordre d'un geste impatient.

Mais Maud était tétanisée, incapable du moindre mouvement, et elle refusa de bouger d'un pouce. Sans attendre, Edelmork se saisit du poignet tendu, examina avec gourmandise la veine qui palpitait sous la peau et posa doucement ses lèvres. Un filet écarlate coula. Graymes réprima une grimace de dégoût plus que de souffrance. Quand

Edelmork se redressa, une satisfaction satanique défigurait son faciès.

– Je n'aurais jamais rêvé ce moment possible, Graymes. Bientôt, tu seras des nôtres, murmura-t-il dans un souffle pestilentiel. Car je te choisis. Je te désigne pour me succéder. Tu en es le seul vraiment digne. Mon temps s'achève. Dans un siècle ou deux, je disparaîtrai. Toi, tu seras le nouveau Hiérarque. Tu mèneras les destinées du clan, loin d'ici... Le monde alors aura changé. Personne ne fera plus attention à nous et ce sera le moment pour toi de cueillir le fruit mûr... Tu régneras en maître sur les hordes infernales. Tel est le destin du vampire. Demeurer seul debout quand tout aura disparu...

Carus Edelmork ouvrit ses haillons sur sa peau blanche et ridée.

– Que l'onction s'accomplisse, s'écria-t-il avec exaltation. Ceci est mon sang, bois et crois en moi !

Il fut soudain pris d'un hoquet. Son expression se figea. Ses yeux se dilatèrent de manière effrayante. Il porta une main à sa gorge comme s'il étouffait. Il marmonna :

– Qu'est-ce que tu as fait ?

– Je vais te faire une confidence, répliqua Graymes en remettant son gant.

Son sourire remonta jusqu'aux oreilles.

– Avant de descendre, j'ai absorbé suffisamment d'arsenic pour empoisonner ton clan tout entier. Mon sang est littéralement saturé de poison. Je commence moi-même à en ressentir les premiers effets. Je crois que je vais mourir. Toi aussi. D'indigestion.

Graymes lui envoya son poing en pleine face. Edelmork vacilla. Le démonologue le repoussa d'un violent coup de pied dans la nasse des tuyauteries et tira son épée. Il décrivit de grands cercles, fauchant les créatures crépusculaires qui tentaient d'entraver son chemin. Puis bondissant sur Edelmork, il abattit son tranchant. La tête du Hiérarque roula, encore frappée du sceau de la stupeur. Maud hurla. D'un bond, Graymes la prit dans ses bras et l'emporta hors du vaisseau. Au bas de la passerelle, il répandit tous les sacs de poudre que contenaient ses poches et marmonna un enchantement. Une étincelle verdâtre jaillit, qui remonta vers la structure à la vitesse d'une mèche mise à feu.

Dans les hauteurs, les vampires en sommeil s'ébrouèrent en poussant de longs cris de terreur qui résonnèrent jusque dans les entrailles du souterrain. Le bathyscaphe d'Edelmork fut soufflé par une violente explosion. Des débris s'abattirent de tous côtés. Une houppelande de flammes s'éleva jusqu'à la voûte, embrasant le nid tout entier. Une épouvantable odeur de chair brûlée empuantit l'air. Écartant les créatures calcinées de sa route, Graymes bondit vers l'ascenseur, protégeant Maud sous son macfarlane. Mais les forces lui manquèrent. Il dut s'adosser au grillage, épuisé, gagné par des frissons de mauvais augure. Il avait repoussé les effets de l'arsenic jusqu'à la dernière limite de ses pouvoirs.

Il déposa Maud à terre.

– L'amulette que je t'ai offerte, tu l'as encore ?

– Donner c'est donner, reprendre, c'est voler, prévint la fillette.

Graymes tendit la main d'un air malcommode :

– C'était pour rire, s'empressa d'ajouter Maud en lui remettant le talisman en tremblant.

Il glissa aussitôt la pierre dans sa bouche et la croqua. L'antidote magique agit instantanément. Le poison reflua en flots sombres dans ses veines. Graymes reprit son souffle. Sa vue s'éclaircit. Il entraîna la fillette dans la cabine.

– Appuie sur le bouton, ordonna-t-il.

– Pourquoi moi ?

– Parce que je déteste les ascenseurs, que je ne prends jamais l'ascenseur, que j'ai horreur de ça ! Tu peux cesser une seconde de discuter la moindre chose ?

De la manière dont il la dévisagea, Maud comprit qu'il valait mieux obéir. La cabine décolla. L'incendie se propageait à une vitesse folle. Son souffle fit tanguer l'appareil. L'occultiste plaqua la fillette contre lui. Un miracle les propulsa jusqu'au palier supérieur. Graymes écarta la grille. Crachant et soufflant, il roula sur le sol avec sa protégée à la seconde où la cabine atteignait les hauteurs. Des langues de feu léchèrent les alentours. Graymes souleva Maud et s'élança dans le tunnel comme le vent, gagnant un peu d'avance sur le brasier.

Quand il déboucha sur le quai du métro, il fut rassuré de trouver Single et Oneris. Les deux hommes étaient parvenus à convaincre le pasteur et sa communauté de les suivre. Mais ils avaient le plus grand mal à contenir leur agitation. L'irruption de Graymes coupa court aux palabres.

– Maud ! s'exclama le policier en lui prenant la petite des bras.

– Magnifique, mais il n'y a aucune rame en vue ! fit remarquer le pragmatique Oneris.

Graymes s'agenouilla et retirant son gant, il grava avec la pointe de son ongle noir une figure géométrique transpercée d'un symbole en forme de plume. Comme il psalmodiait une formule, les flammes déboulèrent de l'escalier.

– Écoutez ! lança le pasteur.

Le même espoir se peignit sur les visages. Des tréfonds du tunnel montait le sifflement caractéristique d'une rame. Quand elle apparut en pleine lumière, des cris d'enthousiasme saluèrent son arrivée. Les étranges inscriptions qui maculaient ses flancs avaient dégouliné jusqu'à devenir illisibles. Single se rapprocha de Graymes, ravalant sa colère.

– Ne me dites pas ! À tout moment vous auriez pu appeler ce damné métro et vous n'en avez rien fait ?

Le démonologue abaissa sur lui un regard moqueur.

– À l'instant où j'aurais inscrit cette formule, Edelmork l'aurait su et il l'aurait contrée. Alors plus d'espoir pour nous de quitter cette fichue tanière. Maintenant faites monter tout le monde dans le wagon de tête.

Sous la conduite du pasteur, les rescapés prirent place en bon ordre. À peine la rame s'était-elle ébranlée que le brasier verdâtre dévora la station désaffectée.

La rame filait à vive allure à travers les méandres du réseau. Le souffle court, indifférent aux rescapés, Graymes s'était réfugié à l'écart et essuyait son visage noirci. Une grande faiblesse rongeait ses membres. Il sentit qu'on le tirait par la manche. Il abaissa les yeux. Maud le considérait d'un air curieux.

– Tu ne m'aimes pas beaucoup, hein ?

– Quelle importance ? Faut-il juger les gens au degré d'amour qu'ils te portent ?

– Ce vieux dingue, dans son sous-marin, il avait peut-être raison. Tu lui ressembles. Et tu finiras comme lui…

– Possible. Moi aussi j'ai vu l'aube se lever sur la bibliothèque d'Alexandrie. Et moi aussi je mourrai seul. Je suis toujours mort seul, de toute manière.

Comme il prononçait ces paroles, la rame déboucha soudain à l'air libre, surplombant la ville à peine éveillée.

Le soleil rougeoya sur les vitres sales.

COLLECTION

# Cascade

## CASCADE POLICIER – LE COMMANDEUR

**LE CACHOT DE L'ENFER**
Michel Honaker.

**LE CHANT DE LA REINE FROIDE**
Michel Honaker.

**LA CRÉATURE DU NÉANT**
Michel Honaker.

**LE GRAND MAÎTRE DES MÉMOIRES**
Michel Honaker.

**MAGIE NOIRE DANS LE BRONX**
Michel Honaker.

**LES MORSURES DU PASSÉ**
Michel Honaker.

**LES OMBRES DU DESTIN**
Michel Honaker.

**RENDEZ-VOUS À APOCALYPSE**
Michel Honaker.

**LE SORTILÈGE DE LA DAME BLANCHE**
Michel Honaker.

**TERMINUS : VAMPIRE CITY**
Michel Honaker.

## CASCADE POLICIER

**AGATHE EN FLAGRANT DÉLIRE**
Sarah Cohen-Scali.

**À L'HEURE DES CHIENS**
Évelyne Brisou-Pellen.

**ALLÔ ! ICI LE TUEUR**
Jay Bennett.

**ASSASSIN À DESSEIN**
Claire Mazard.

**L'ASSASSIN CRÈVE L'ÉCRAN**
Michel Grimaud.

**L'ASSASSIN EST UN FANTÔME**
François Charles.

**BASKET BALLE**
Guy Jimenes.

**LE CADAVRE RENVOIE L'ASCENSEUR**
Hervé Fontanières.

**CENT VINGT MINUTES POUR MOURIR**
Michel Amelin.

**CHAPEAU LES TUEURS !**
Michel Grimaud.

**LE CHAUVE ÉTAIT DE MÈCHE**
Roger Judenne.

**COUPABLE D'ÊTRE INNOCENT**
Amélie Cantin.

**COUP DE BLUES POUR DAN MARTIN**
Lorris Murail.

**COUPS DE THÉÂTRE**
Christian Grenier.

**DES CRIMES COMME CI COMME CHAT**
Jean-Paul Nozière.

**CROISIÈRE EN MEURTRE MAJEUR**
Michel Honaker.

**DAN MARTIN DÉTECTIVE**
Lorris Murail.

**DAN MARTIN FAIT SON CINÉMA**
Lorris Murail.

COLLECTION
# Cascade

## CASCADE POLICIER

**DANS LA GUEULE DU LOUP**
Boileau-Narcejac.

**LE DÉMON DE SAN MARCO**
Michel Honaker.

**LE DÉTECTIVE DE MINUIT**
Jean Alessandrini.

**DRAME DE CŒUR**
Yves-Marie Clément.

**DRÔLES DE VACANCES POUR L'INSPECTEUR**
Michel Grimaud.

**L'ENFER DU SAMEDI SOIR**
Stéphane Daniel.

**HARLEM BLUES**
Walter Dean Myers.

**L'HÔTEL MAUDIT**
Alain Surget.

**L'IMPASSE DU CRIME**
Jay Bennett.

**L'INCONNUE DE LA SEINE**
Sarah Cohen-Scali.

**LE LABYRINTHE DES CAUCHEMARS**
Jean Alessandrini.

**LA MALÉDICTION DE CHÉOPS**
Jean Alessandrini.

**MENSONGE MORTEL**
Stéphane Daniel.

**LE MYSTÈRE CARLA**
Gérard Moncomble.

**NE TE RETOURNE PAS**
Lois Duncan.

**L'OMBRE DE LA PIEUVRE**
Huguette Pérol.

**OMBRES NOIRES POUR NOËL ROUGE**
Sarah Cohen-Scali.

**ON NE BADINE PAS AVEC LES TUEURS**
Catherine Missonnier.

**L'ORDINATUEUR**
Christian Grenier.

**PAS DE QUOI RIRE !**
Jean Alessandrini.

**PIÈGES ET SORTILÈGES**
Catherine Missonnier.

**POURSUITE FATALE**
Andrew Taylor.

**QUI A TUÉ ARIANE ?**
Yves-Marie Clément.

**RÈGLEMENT DE COMPTES EN MORTE-SAISON**
Michel Grimaud.

**SIGNÉ VENDREDI 13**
Paul Thiès.

**LA SORCIÈRE DE MIDI**
Michel Honaker.

**SOUVIENS-TOI DE TITUS**
Jean-Paul Nozière.

**UN TUEUR À LA FENÊTRE**
Stéphane Daniel.

**LE TUEUR MÈNE LE BAL**
Hervé Fontanières.

**LE VAMPIRE CONTRE-ATTAQUE**
Hervé Fontanières.

**LES VISITEURS D'OUTRE-TOMBE**
Stéphane Daniel.

**LES VOLEURS DE SECRETS**
Olivier Lécrivain.

L'AUTEUR

Michel Honaker est né en 1958 à Mont-de-Marsan dans les Landes. Très tôt, il consacre beaucoup d'efforts à détourner ses cahiers de classe du droit chemin en les truffant de textes ayant peu de rapports avec les équations ou la trigonométrie, auxquelles il vouera toujours une farouche aversion.
Avec un stylo oublié par un oncle vampire, il se lance dans le fantastique sulfureux et écrit une trentaine d'ouvrages consacrés au genre par des voies aussi détournées que le thriller ou la SF. À l'heure actuelle ce dangereux maniaque d'opéra et de musique classique est activement recherché pour détournement de lecteurs sages.

Achevé d'imprimer en septembre 1998
sur les presses de l'Imprimerie Hérissey
à Évreux (Eure )
Dépôt légal : septembre 1998
N° d'édition : 3171
N° d'imprimeur : 81739